世界虽然残酷，

我们还是……

世界虽然残酷，我们还是可以有很多选择
世界虽然残酷，我们还是有很多人和事物值得相信
世界虽然残酷，我们还是能拥有自己的梦想蓝图
世界虽然残酷，我们还是要为这个社会做些事
世界虽然残酷，我们还是有机会绽放自我

目录
CONTENTS

如果你认为人活在世上其实选择不多，那么你就是过去的我。

我生长在一个选择不多的时代，可是我想尽办法做出各种在别人心目中是不安全，甚至错误的选择。

希望你一方面去适应自己所处的时代，一方面看清楚无法改变的时势，然后勇敢做出自己所判断和思考过后的选择，哪怕是这些选择和社会的主流价值多么的不同，风险有多么的大……

辑 二

世界虽然残酷，我们还是有很多人和事物值得相信 / 037

没有经过怀疑和反抗的天真乐观，往往容易成为自我安慰的催眠而已，像一阵风，是留不住的。

对于成功，我不再像年轻时那么狂喜和期待，更不像中壮年时那么觉得理所当然，甚至于理直气壮。我知道成功不一定会让世界更美好。我相信，真正通往美好世界的道路是要更谦卑、更感恩……

辑 三

世界虽然残酷，我们还是能拥有自己的梦想蓝图 / 077

李中曾在一张父亲节卡片上写给我的句子：“总不能老叫我盯着你的背吧？”

每个时代都有它不同的可能和美好，能够在极有限的资源和不利的环境中找到突围的方法才是重要的。能够承受住许许多多的挫败，让自己继续累积能量才是重要的。

辑 四

悲伤有时会产生一股很奇异的温柔力量；悲伤有时也能让人更有同理心。

在残酷的世界里，大多数人想的是如何从别人身上得到什么，拿走什么，只有呆子才想要不断地给出去。但是当这个社会出现了十个呆子、一百个呆子、一千个呆子、一万个呆子时，这股力量就变大了。呆子，才是这个残酷世界的最后救赎！

辑 五

世界虽然残酷，我们还是有机会绽放自我 / 163

爸爸常说，人活着就是阿拉伯数字的“1”，死了就是汉字的“一”。

我仿佛听到弟弟像梦魇般地自言自语着：“我们只有两种选择，一种是，我们抱着一起跳海；一种是，我们好好地活下去，爸爸会每天练功，陪你走到人生的尽头……”

人的一生都只是在追寻着……

所以你得先学会爱上你的人生。

自序

先学会爱上你的人生

虽然这个世界少了你，地球照常运转，
人们照样生气蓬勃、行礼如仪；
但这世界多了你，一定存在了某种意义。
人的一生都只是在追寻着这点滴的意义，
所以你得先学会爱上你的人生。

二〇一二年末圣诞节前五天，玛雅预言世界末日的前夕，我拖着一大一小的行李出发了，和我同行的是我的二姊。我们要去美国南方路易斯安那州找弟弟一家人，计划在二〇一三年初，五个人一起搭邮轮横越加勒比海，其中一站便是墨西哥东南沿海图伦的玛雅遗址，一座建筑在海边悬崖上的玛雅古城。在玛雅预言的世界末日，去探访玛雅遗址，这趟旅行似乎充满了人生的隐喻和提醒。

这是一趟长达一个月的旅行，很早之前我就在行事历上将十二月二十日那一天画上一条线和一个箭头，写上了："美国之行，不要接工作。"那条线和那个箭头几乎要划破了我的笔记本，好像在那天之后，我便要从自己所熟悉的生活和工作里蒸发了，而"工作"似乎象征了我生命中的最大意义。那种感觉有点像是死亡，所以在出发前的深夜，当行李收拾妥当后，我随手捡了身边一张企划书的故事大纲，翻到空白的背面，匆匆写着一封简短的家书："如果我的生命终止在这趟旅行，唯一的遗憾就是无法再爱这个世界、再爱我所爱的人，还有，无缘见到两个孙子。但是，我还是很幸福，因为生命中有太多太多的爱，都是你们给我的。我很满足，也很快乐。"后面简单地写着我还留在人世不多的东西。

心理学家总是会这样告诉你，不经意说出的话或写下的只字片语，往往才是你心里面真正想说的，所以这封匆匆写就的家书，应该算是我对自己过往生命的感想。

人生的发展总是出乎意料，正当我搭的飞机降落日本成田机场，等着转机的那一刻，女儿提早生下了孩子，她说她只花了十分钟，还来不及感受生产的痛苦过程，孩子便抢着出来了；很安静，好像一切出于自愿。

十五天后，正当我们五个人从休斯敦南方的加文斯顿岛搭上邮轮出发时，我的儿媳妇也提早将孩子生了出来，不过，她是历经了三十个小时的煎熬，呼天抢地，才将那个哭声震天的婴儿挤出来，好像很不甘愿。就这样，正当我飞上了天空，正当我出发前往海上，这个世界上，我又多添了两个家人，一个末日射手座，一个正宗摩羯座，他们正向这个世界打招呼说："嗨，我来了。这个世界好玩吗？"

原来玛雅世界末日的预言真正意义在于：一个旧的生命历法的结束，另一个全新生命周期的开始。我的生命并没有终止于这趟长长的旅程，正好相反的是，我正航向另一个全新的未知旅程。

这趟美国南方及加勒比海的旅程结束后，我遇到一些朋友，他们说：“你好像有点改变了，变得好像更沉稳安定了。”刚回来的几个星期，我忽然很不想说话，也很不想写作，我不断思考着关于被爱和爱人的种种，当我叙述着自己这趟旅行的新发现时，竟然激动得湿了眼眶。我开始婉拒所有演讲、活动和评审的邀约，我不想像过往一般，让大量的工作填满我的日子。眼前的这段日子，我只想好好享受着生活中原本就存在的一切，包括暖暖的冬阳、缓缓的风，慢慢整理着这本没有成为“遗作”的新书，和世人分享自己全新的人生旅程和思考。

这个世界好玩吗?

这个世界好玩吗？这是个好问题。

有人分析说，射手座的人爱好自由，很难规范；摩羯座的人生活自律，人生很有规划。对我而言，其实没什么差别。每个渺小脆弱的生命，面对的都是浩瀚的宇宙和运转不停、生生不息的地球。虽然这个世界少了你，地球照常运转，人们照样生气蓬勃、行礼如仪；但这世界多了你，一定存在了某种意义。人的一生都只是在追寻着这点滴的意义，所以你得先学会爱上你的人生。

永远要记得，世界虽然残酷，我们还是可以有许多选择，至少可以选择成为你自己；世界虽然残酷，我们还是有很多人和事物值得相信，至少可以相信你的选择；世界虽然残酷，我们还是能拥有自己的梦想蓝图，不管梦想是大是小；世界虽然残酷，我们还是要为这个社会做些事，在温暖互动中化解残酷；世界虽然残酷，我们还是有机会绽放自我，至少你得相信自己存在是有意义的。世界虽然残酷，你永远不可能用自私、利己、残酷的人生态度，去全盘掌握住这个残酷的世界，那只会更将自己逼到一个没有出路的死角，换到一个绝望的人生结局。

你得相信，人生会有各种可能、各种选择、各种梦想。你得相信，人生只有在无条件地付出，在无条件地爱过之后，才能体验到人间的勇气和温暖，才能做到真正的心胸宽大、海阔天空。这样，你才会爱上你的人生。

愿这本书，为你带出一片看待自己人生的全新视野！

辑　一

世界虽然残酷，我们还是可以有很多选择

如果你认为人活在世上其实选择不多，那么你就是过去的我。

我生长在一个选择不多的时代，可是我想尽办法做出各种在别人心目中是不安全，甚至错误的选择。

希望你一方面去适应自己所处的时代，一方面看清楚无法改变的时势，然后勇敢做出自己所判断和思考过后的选择，哪怕是这些选择和社会的主流价值多么的不同，风险有多么的大……

永 恒 的 反 抗

写给以为这世上选择不多的你

什么样的人生才算对

如果你认为人活在世上其实选择不多，那么你就是过去的我。

你会提出来的第一个问题我也知道。你会说，人的出生又不是自己选择的，包括自己的父母和国家。这个问题我在八岁的时候就想过，我曾经深深为这个问题所困扰，我一点也不喜欢我所生存的世界，所以我曾经想结束自己的生命。那是我在自己的生命中所做的第一次选择，最后我选择活下去，但我的思考和怀疑从未停止过。

过去的我，不但觉得人的选择不多，渐渐地，我还失去做选择的能力。说得更清楚一点，从选择不多到失去选择，是我在成长中被强大外力和保守环境制约的结果，我的各种感觉被一点一滴地拔除。

过去我常常告诉别人一个例子，以证明自己是一个不喜欢做选择的人。我说搭飞机的时候，如果空服员问我："要咖啡还是茶？"我会说："随便。"对方总会先愣一下，接着会替我做出了选择，通常是给茶。那时候的我，看起来有点严肃、保守、压抑，适合喝茶。我不喜欢进餐厅和服饰店，我不清楚自己的味觉，也不知道自己适合穿什么。像我这样在战后出生的大量婴儿潮世代的人（三、四年级生），大概都有这样类似的特点。

我们成长在第二次世界大战后，百废待兴、物质匮乏、资讯封闭、思想控制的白色恐怖戒严时代，许多人小学毕业后没有能力升学，直接投入生产的行列，而能够升学的人，有的也要靠打工，或是靠家里举债才能升上初中，我们家就是属于后者。而且，我的父母亲是在二战结束后，就来到台湾寻找工作机会的异乡人，举目无亲之外，所剩不多的亲朋好友中还有不少人被列入白色恐怖的逮捕名单中。我从小就看着妈妈不顾被情治单位跟监的危险，几度去监狱探望被判无期徒刑的结拜兄弟（我们都喊他们某某舅舅的），带着他们用自己鲜血写的血书去向有关单位陈情喊冤，现在回想起来，才知道妈妈的有情有义和勇气。而后再想，或许这也和爸爸一辈子都无法升迁有点关系。

那真是一个不幸的时代。从大历史的角度看来，那就是一种谁都无法改变和抵挡的时势。活在这样的时势里，孩子们的选择都不多。有人选择继续升学，能够升上大学的人，有很多选择了留学美国，然后留在美国工作生活；但是在后来的经济发展过程中，有更多人成了社会底层的牺牲者，尤其是当时的女性。

作为举目无亲的异乡人的家庭，爸爸从小灌输我们：这是一个残酷无比的世界，我们别无选择，只能勇往直前。透过一次又一次的升学考试，通过一关又一关的激烈竞争，才能在弱肉强食的野蛮丛林中争得一席之地。为了能让我们有时间多读“有用”的教科书，爸爸会剥夺我们在学校学习美术、音乐、工艺、家事、书法、体育的机会，抢着替我们完成这些科目的作业。爸爸原本就喜欢工艺、美术和文学，也有这方面的天分，但是他却瞧不起这些东西，希望我们将来不要选择艺术方面的工作，就像他天天举债度日，却又自命清高看不起有钱人，说他们都是贪官污吏，说他们都是充满铜臭味的奸商。

作为家中老大的大姊说她小学时代玩得很凶，所以初中没有考好，只考上了第二志愿的北二女初中部，可是十二岁那年家里发生了一些事情后，她忽然领悟一件事：生在我们这个家庭的孩子是别无选择的，除了靠考试赢过别人，慢慢爬到社会阶级的更上层。后来她真的办到了，台大经济系毕业后，申请到美国继续深造；回来后考上了公务员，从此做到退休。

我考大专联考时，她很专断地涂改我的志愿表，把“师大生物系”填在很前面，并愤愤地对我训话说：“我们是穷人家，别人有的我们家都没有，师大是公费，考上了可以当一辈子的老师，你别无选择！”后来我真的就考进了大姊亲手替我填的这个好得不能再好的志愿，弟弟妹妹也分别拿到博士学位，顺利当上了大学的系主任，爸妈乐得开怀，觉得过这样的人生就对了。

拥有更多想象与选择

是的，我们别无选择。二姊常常提起童年的许多遗憾，包括她很向往穿起白色舞衣和芭蕾舞鞋，她渴望去学芭蕾舞，舅舅愿意出钱让她去学，却被爸爸阻止，他痛骂二姊说那是一种虚荣和奢侈，毫不留情地阻断了二姊童年的梦想。爸爸忙着消灭孩子们“不切实际”的想法，阻止所有和吃喝玩乐扯上关系的活动，就连学校的旅行能不参加就不参加，他说外面的世界充满了危险。

大姊曾经回忆说，每个小女孩都像是一个玻璃娃娃，希望被父母捧在手心里疼爱着，但是心里充满恨意和恐慌的爸爸却选择将玻璃娃娃摔在地上，碎了一地，借此告诫他的孩子们，你们别无选择！梦想和浪漫都是骗人的玩意儿！

我们家里最没有选择的孩子是二姊，一个心地最善良的孩子，为了提早进入职场赚钱，帮忙家计，她主动放弃已经考上的日间部大学，改读师大夜间部，白天就在一家后来证实对土壤有高度污染的电视映管公司上班。原本喜爱文学，也想攻读英国文学的她，最后选择研读国际贸易，成了常常要往世界各地跑的布商；被摔碎的玻璃娃娃早已重新组合成一个耐劳耐摔的变形女金刚。但是我知道，变形女金刚的心还是玻璃做的，依旧易碎。

我很早就想挣脱爸爸所营造出来、那种毫无选择的无力感和无奈心情，我不想做一辈子都没有选择的人，我不想要这样的人生。小时候，我积极配合爸爸去参加各种能赚到奖金的征文或是设计商标比赛，我积极地拖着爸爸往前冲，去参赛！大学时代我的成绩很好，还当选优秀学生。但是最后，我选择放弃当年大姊亲手替我填的志愿，放弃了安稳的教职，我想要一个不一样的人生！

我很早就开始写作，写小说，也写电影剧本，我做的都是爸爸心目中最没有用的事。后来我选择去外国深造，也选择放弃学位，返回动荡的家园；我选择去一家最没有希望的大公司上班，做出成绩后，我选择开除老板。我选择在家工作，陪两个孩子长大，那是别人正在登上事业高峰的关键十年，我错失了良机，但从不后悔。

当同班同学纷纷从老师的岗位退休时，我反而选择去上班，然后再度选择开除老板。最后我又选择参加一场千载难逢的征试，幸运地被录取后，又开始去上班。因为终于做满了任期，也终于尝到领少少的“退职金”的滋味（开除老板是没有退职金可领的）。

我生长在这样一个选择不多的时代，可是我想尽办法做出各种在别人心目中是不安全，甚至错误的选择。希望你一方面去适应自己所处的时代，一方面看清楚无法改变的时势，然后勇敢做出自己所判断和思考过后的选择，哪怕是这些选择和社会的主流价值多么的不同，风险有多么的大。

我多么希望你能觉得人生是有想象的，是有选择的，是可以创造出来的。我非常尊重孩子曾经有过的所有选择，尊重来自于我对孩子和对生命的信心。我知道，这是我对自己在成长中所受到的制约和压抑的永恒反抗，也是我对大时代和时势的反抗，更是对自己命运和基因的反抗。

爸爸曾经为了我这样不停地不按常理出牌的选择感到非常忧心，甚至还气倒患中风送医院，还好意志力无比坚强的爸爸，借着有恒心的复健，又恢复了健康。

在医院中，爸爸握着我的手不停地叹气和发抖，眉头深锁地问我：“为什么？为什么？”

我弯下身子，在爸爸的耳畔轻声地说：“爸爸，因为我像你，你不也是一辈子都在反抗自己的命运吗？”

八岁，一个人想自杀

随着岁月的流逝，我越来越清楚那一项未完成的自杀计划，对我生命的意义是什么了。它是一种自我存在的提问，更是一种从“小吃”所延伸出来的故乡对一个异乡孩童的拥抱和给予的温暖，还有就是对爸爸和妈妈那种艰苦卓绝求生存的不忍之心吧。

我那个经济学家的姊姊忽然打电话问我：“有人告诉我说，你八岁的时候一个人去旅行。我怎么不记得有这件事情？”

“是那个人弄错了，八岁一个人去旅行的是我的朋友，他后来把这段经历写成一本儿童绘本，也改编成给儿童看的舞台剧，全台湾巡回表演。”我解释着。

“我就说嘛，你怎么可能八岁一个人去旅行？”姊姊自言自语。她的记忆超强，童年的事情全靠她还原真相。

我八岁没有去旅行，但是我八岁的时候，曾经一个人计划自杀。

我永远不会忘记那天的早晨，我将竹制的扑满用柴刀劈成两半，将里头的钱币放在口袋里。我的计划很简单，想在黄昏自杀前，将平时想吃却舍不得吃的小吃全都吃一遍，这样死了也甘心。当时为什么会有自杀念头已经有点模糊了，好像是想到人生最后不免一死，活在世上的所有努力终将白忙一场，想想，真是悲凉。或者还有一个原因是，很不喜欢上学，觉得很不自由。或者是，家里弥漫着一种说不出的悲伤气氛，觉得活着很辛苦等等。既然黄昏时要告别这个世界，当然背着书包就不用去上学了。我的目标是南机场，开始沿途痛快地吃着平时最爱吃的食物。

我坐在骑楼底下一家小店前面的小板凳上，在一个小炉子上面先煮椪糖。将红糖放在长柄圆勺上面加一点水，在小火中快速搅拌，当椪糖水变得浓稠时再加一点小苏打粉，继续快速地搅拌。这个搅拌的动作最有趣，也最关键。当椪糖要开始“发”时，就要让勺离开火炉冷却。椪糖发成一块像脆脆的硬面包，吃起来甜甜香香脆脆的。

吃完了椪糖，就从煮着甜不辣的小火锅里面捞起一大块萝卜，把热烫烫的萝卜放在小砧板上，用刀子切成很小的块，再用叉子将小块的萝卜慢慢放进嘴里，享受着萝卜淡淡的咸味。然后再来一根甜不辣。人之将死，每样东西都变得那么美味。

卖鱼酥羹的推车远远地走过来了，我立刻转身站起将推车拦下来，叫了一碗香喷喷的鱼酥羹。卖鱼酥羹的小贩看我穿着制服、背着书包，问我怎么没去上学，我把吃得精光的碗递给他说：“再来一碗，鱼酥多一点。”

“是不是功课没写完不敢去上学呀？”卖鱼酥羹的小贩又盛了一碗鱼酥羹给我，我一口气又将鱼酥羹吃光，付了钱，摸摸有点饱的胃，往南机场的方向走去。

这一路上，我又吃了一碗自己最爱吃的蚵仔面线。小贩好像知道这是我人生的最后一碗蚵仔面线了，很难得地在我的碗里多放了一粒很大很大的蚵仔。我捞起那粒特大号的蚵仔对它说："永别了，我的最爱！"我将这一粒蚵仔放入口中，饱满滑润，感动得眼泪差点都被挤出来。

我问自己，还有什么最爱的东西没有吃到呢？就要告别这个世界了，最好不要带着遗憾离开。于是，我又吃了两个红豆饼。我喜欢看着卖红豆饼的小贩，将竹筒里的红豆泥一一填进热烫烫的飞轮里面，不久就会传来一种面粉和红豆烤出来的香味。

黄昏终于到来。我坐在南机场附近的石头上想着人生，但是因为吃太多东西了，脑袋空空的，实在也想不出什么人生道理。更糟糕的是，当我打了一个大大的饱嗝，我忽然有一种幸福的感觉。想到那些卖着小吃的小贩们的脸，还有他们将食物拿给我时的手，还有那些美味可口的小吃……

人生是多么的美好啊！人生的意义是什么呢？活下去就对了，只有继续活下去，才有可能找到答案！对于味觉的记忆，就是从我决定好好活下去的那一刻开始的，我感受到整个大地散发出来的温暖，将我紧紧地拥抱着。我决定快乐地活下去，继续存钱，继续吃那些美味的家乡小吃。原来，我对人生是如此眷恋。

于是我背着书包回家了。

夜里，我傻愣愣地望着趴在客厅大桌前画着一些统计图表的爸爸和妈妈，他们为了赚取薪水之外的额外收入，经常是到处接订单、通宵达旦地工作。爸爸的汗水沿着他高挺的鹰钩鼻滑下来，滴在统计图表上，妈妈连忙拿毛巾去擦拭滴在统计图表上的汗水。

到了睡觉的时间，妈妈开始说故事了，那天晚上她说的是“三只眼”的故事：“从前啊，有一个女人生了三个孩子，一个只有一只眼睛，一个却有三只眼睛，还有一个很普通，和大家一样有两只眼睛。妈妈不喜欢两只眼睛的孩子，因为她太普通了……”我忽然莫名其妙地流下了眼泪。我差一点就没有机会继续听妈妈说的故事了，我告诉自己要快快长大，能早一点分担父母沉重的担子，对于他们的辛苦和委屈，我有一种不忍心。责任感和内疚感启动我的积极人生，我成了一个只想拼命工作的工作狂。

回想起八岁那年想要自杀的念头和行动，其实是早熟的我已经启动了自己对存在和死亡的焦虑感，对孤独和不自由的恐惧感。我很想寻找人生的价值和意义。

其实，人的选择还是很多

最近有一本亲子教育杂志要访问我谈“选择”。在访问前，我遇到我的两个姊姊，我将这个问题请教她们：“人的选择到底多不多？”

从外商公司退休的二姊犹豫几秒钟后回答：“其实人的选择并不算少，但是人会受限于内在的恐惧或不安，选择就越来越少了。”

作为经济学家的大姊激动地抓紧我的手说：“人的选择非常非常非常少！因为我们从小就被家庭教育和学校教育洗了脑，许多观念都根深蒂固了。每当我们前方出现了两条岔路时，会有一个力量将我们推向其中一条路。身不由己！”大姊说完，眼中仍有恐惧。

如果将两个姊姊的答案加起来，可以得出一个简单的结论，那就是：如果一个人能克服自己内心的恐惧或不安，如果一个人从小就培养了独立思考的能力，可以跳脱家庭和学校教育所加诸自己脑袋里的观念，摆脱许多成见和偏见，人生的选择还是可以很多。否则，人的选择是很少很少的。一个完全失去选择能力的人，其实已经放弃对自己未来人生的所有想象，也放弃去争取创造人生的各种可能性。或许上一代的父母亲缺乏安全感，他们灌输给孩子的便是不要冒险躁进，因为生存不易！

人，第一个不能选择的，便是让自己成为一个人，还有让你接受所有遗传基因的亲生父母和你出生的地方。之后，人渐渐开始会有一些小小的选择了，像是爱吃什么，爱玩什么。当然父母亲在这段成长时刻，是对孩子具有决定性的角色，例如选择如何照顾孩子，选择哪一所托儿所和小学。

在我的观念里，我倾向不要功利思考，越自然越好，顺着孩子不同性格做出一些建议。孩子稍稍长大后，我开始鼓励他们自己做出选择，就像他们接受教育的过程，我从来没有主导过，只扮演默默陪伴者和全力支持者，这样态度接近放任。

女儿曾经非常不适应初中生天天考试的痛苦日子，一度想去投奔在美国的叔叔，我就联络在美国的弟弟，计划办女儿被领养的手续，虽然心里有千万个不舍。直到后来女儿自动打消去美国的念头，愿意继续留在台湾读书。

高中联考成绩并不理想，最后她选择分数排名比较落后，但是刚刚成立一年的完全中学。选择的理由是主张教改的校长标榜自由学风，学生可以选择穿校服或体育服上学；校长也强调每个老师都是由他亲自面试而来，这是一所没有传统、等待学生共同创新的崭新学校。师资决定教育的成败，这所新高中让人期待，于是女儿便去读了。

但是在联考中受挫的女儿只读了一学期，便又决定要休学，我当下表示支持到底，但也提出要将高一读完的条件，并且写一份未来如何继续在家学习的计划。在这段准备要休学的过渡日子中，女儿开始全力写童话、画绘本，她好想证明人是可以有“另一种”选择的。我并不知道我这样的态度是对或错。我想传达给孩子们的是，自己做出了决定后，要承担这个选择所得到的后果。我一直希望孩子能做他们生命的主人。

五个月后，女儿放弃休学念头，却决定大学第一志愿只填工业设计系。大学联考放榜，这次女儿考得很不错，分数可以进排名最前面的大学，但她坚持原来的选择，去读一所私立学校的工业设计系，这时她选系不选校，老师都觉得有些可惜。

用手绘动画作品毕业后，她选择去外国继续念研究所。在纽约和米兰之间，她选择米兰，于是我鼓励她一个人先飞去意大利，在不同城市读语言学校，熟识意大利生活后，再去寻找适合的设计学校。在意大利读语言学校半年后，她带着自己的童话绘本和动画作品，去会晤一所位在米兰的设计学校教授，立刻获得入学许可。所有过程都是由她独自完成，原本在台湾连公交车都不会搭的女儿，瞬间独立自主，一切都超乎我的想象。

儿子求学之路比女儿更早遇到了瓶颈，小学读得很不顺利，换了三所学校才毕业。我担心他上了初中后会更加挫败，曾经劝他和我们一起搬到乡下去，远离升学竞争。但他宁愿选择和同学们一样留在台北读初中，考高中，从此一切回到正轨。考大学时，他向我表明不喜欢理工医农和商业，他想学习传播和艺术方面的课程，因此他能选择的科系非常少，分数落在几所国立大学的哲学、社会和英美文学上。

这时我和他讨论，最后决定选校、选城市。此刻，他想要生活和学习的，反而是城市和学校的环境氛围。

儿子在散漫的大学生活步调中，结识了一位对写作狂热的天才学长，在相互激励下，他完成七本散文和小说。大学毕业，他申请美国的研究所时，只挑了排名前十的学校，他说如果申请不到，就乖乖留在台湾找工作。结果在一连串被拒绝的回信后，信箱里竟然躺着一封他第一志愿学校的入学许可。这一切也都在我的想象之外。

回顾我自己的人生，不但没有规划，甚至于还有点失控；我曾经做过许多在别人眼中是极错误的选择，可是，那却正是我和别人不一样的地方。我并不期待孩子有多么强大的竞争力，只希望他们能拥有独立思考和判断的能力，觉得人生是可以有想象的，是可以靠自己创造的，是可以选择的，然后一边摸索，一边前进，坚定信念，完成属于自己的人生。

人的选择其实是很多的。只要你拥有足够的信念，只要你够勇敢，你可以选择做你自己。这曾经是我对两个孩子的唯一期望。

你爱钱吗？我曾经非常恨钱！

如果有人问你：“你爱钱吗？”你会很爽快地点头说：“当然爱，爱死了！”还是有条件地说：“君子爱财，取之有道。”或是摇摇头说：“我不爱。因为这世界上有许多东西用钱买不到，这世界上比钱有趣的事情太多了。”或者，你还有其他的答案？

我曾经为了妈妈在接受一本叫作《钱》的杂志访问时，脱口而出说“我的儿子很爱钱”这件事情耿耿于怀，我认为妈妈的话“羞辱”了我，因为我曾经将自己的存款取出来资助许多人，我也曾经将固定收入全都转给父母。我自认很慷慨，为什么还要“污蔑”我是“爱钱”呢？

“爱钱”在我们家的传统里，代表的是一种贪欲，一种不重视精神，只重视物质的庸俗和肤浅。爸爸常常讥讽那些跑证券行买卖股票的同事，也讨厌会赚钱的生意人，说他们身上散发着铜臭味。但尽管爸爸努力工作，日夜加班地赚钱，我们全家依旧活在物质和金钱匮乏的紧张状态中。

结果，当我们家因为都市计划被拆除后，全家人陷入无屋可住时，还是爸爸那个充满铜臭味的朋友替我们找到一栋有院子的独立家屋，让我们能租屋而居，一家八口才又有临时遮蔽风雨的屋顶。

从小，我就有一种价值错乱的感觉，我们最缺乏的正是我们最瞧不起的东西：充满铜臭味的金钱。我的矛盾人生就此开始。

至今我依旧不明白，为什么爸爸给他自己取一个很雅的名号“空空道人”，却奉送我一个充满讽刺意味的称谓，叫作“人谷山人”？“人谷”者，“俗”也，意思就是说，这个儿子是个很俗气的人。

为什么？只因为我从小没有玩具，曾经伸手向一个比爸爸更穷的朋友索讨玩具，后来那个朋友送了我一把塑胶做的小刀，并且向爸爸告状？只因为我从小就做着“很俗气”的事情，替爸爸去向邻居借钱，去替爸爸赊账买香烟，和爸爸一起想法子参加各种有奖金的比赛，甚至只是猜几个谜语去赚一些日用品？上了高中，就会和姊姊一起去画节日的牌楼赚工钱、去替电影公司挨家挨户地送传单？上大学就兼了三个家教？

我很俗，因为我过早承受了家里那种“金钱匮乏”的压力。上大学后，我写了一篇文章《财迷》，竟然对于自己努力赚钱的行为批判一番，于是我又开启了另一个有收入的工作——写作。我日以继夜地写，很快就写出了一方天地。在这样扭曲的成长过程中，我渐渐对生活中的食衣住行和各种育乐失去了感觉和欲望，我将赚钱这件事情和食衣住行育乐的需求完全分离，我成了一个工作狂。但是我疯狂地工作，也只是为了填补缺乏安全感的恐慌黑洞，我并没有“善待”那些努力工作换取到的金钱，让它们换取对我有价值的东西和有意义的事情，因为我恨它们！

虽然我明白有了这些“脏东西”可以解决许多生存的基本问题，像食衣住行，但我还是不屑正眼看待它们。我想起有位叫作风泽的动画家，曾经创作出很多有趣的小妖精，其中有一种“钱妖精”取名“哇结”，是用闽南语“多少钱”的谐音来命名的。通常在市井小民的寻常生活里，这是最常被使用的问句了，走进市场买一条鱼、买一把菜，或是去地摊选购民生必需品时，大家都会呼唤着钱妖精的名字：“哇结？”哇结？哇结？哇结？钱妖精的名字谱成了大众生活的乐章和旋律。

我的生活中独独缺少了这个最重要的乐章，我从来不曾呼唤过钱妖精的名字，因为我不曾走进市场，弯下腰拿起一条鱼问鱼贩说：“哇结？”也不曾走进服饰店取下一条裤子问店员：“哇结？”就连要买一栋尚未兴建的别墅时，都不曾去看一眼别墅的所在位置。我对生活没有更多的想象和乐趣，当然我对车子的厂牌更是一无所知。我对于金钱能换到什么东西并不那么在意，我只在意自己的尊严、名声、荣耀和成就感，我只想治疗从小对金钱匮乏的恐惧感，我不用再低声下气、看人脸色过日子，于是我草率地处理着那些“哇结”。

直到有一天，我发现被我关在破烂仓库里不见天日的钱妖精“哇结”全都跑光光了，它们偷偷挖了一个地道，像越狱般，一夜之间全都逃走了。我望着空空的，还残留着浓浓铜臭味的破烂仓库，仰望着漆黑的天，高声唱着那句：“我终于失去了你。”它们逃走了，逃得无影无踪，因为它们知道我一直是恨它们的。

现在，我到处去寻找逃走的“哇结”，面对许多人，我也开始会开口问对方：“哇结？”我决定要好好对待它们，好好地对待自己，好好地过日子，恢复对食衣住行育乐的所有体验和感觉，我要真心对待钱妖精“哇结”，用它们来换取对我有价值的东西和有意义的事情。

面对巨大的损失，最正确的方法不是将那些损失全部找回来，而是从巨大的损失中重新看到钱对自己的意义，从巨大的损失中改变自己对钱的态度。对我而言，这是极惨痛的代价，也是极珍贵的发现和改变。

你工作，是为了你自己

在一次演讲后的提问时间，有个年轻人说他只要问三个“小”问题。他的问题是：“大学生活要如何选择重点？”“毕业后工作态度应该如何？”“生命到底是什么？”我说这不是小问题，是大学问。

另一个年轻人直接问我对严长寿先生在某次演讲中所说一段话的看法。据报道说，他在一场教育部门内的演讲批评了现在的年轻人傲慢、自负，嫌两三万元的待遇太低，宁愿留在家里待业啃老。他建议年轻人在待业的时候，可以去做一些无薪，却是社会公益的工作，可以借此开拓视野，换取一些进入社会的宝贵经验。他也提到年轻人会有这样的态度和学校的教育太重视功利有关，学校没有教孩子其他更重要的东西。

在网络上，有些年轻人对严先生的看法很不以为然，认为无薪去做公益事业或是低薪为企业工作，都是鼓励社会的不公不义，是企业家对年轻人的剥削。提问的年轻人在我尚未回答前，已经先表达了他的不满。

根据我的经验，许多言论经过媒体报道，再加上一部分网友的反应后，会重新组成另一种“新”的论点，会稍稍偏离当时演讲者所说的完整内容，这也是后来一些朋友拒绝接受媒体访问的原因。因为媒体会各取所需去头截尾，将你的观点配合他们想要的观点对外发表，往往会背离被访问者的初衷。我猜测，严先生在教育部门谈的应该还是和教育有关的政策吧？所以应该是错误的教育政策和方向，误导了年轻人的功利思想，成了不愿意付出关爱和热情，只在乎薪水多寡的现实主义者。因此重点应该是在教育的谬误，而不是针对整个世代的年轻人提出批判。

首先，我们得承认社会上还真的存在着一些啃老族。啃老族的形成和我们父母对待孩子的态度有关。有不少台湾的父母对待孩子是过度保护，但是也过度期待。这些年轻人一旦离开校园，踏进现实的社会，当现实和想象有了差距，期待落空后，无法调适身段，只能退缩回可以继续保护他的家庭里面，至少衣食无缺。

但是，我们看到更多的是“无老可啃”的年轻人，他们毕了业先欠一大笔学贷，如果无法立刻找到一份正式的工作，通常就会再花更多钱去学习一些学校没有教的技能，然后做一些没有太多保障的临时工，餐厅、便利商店、健身房、宠物店、家具店……送货车上、街头巷尾到处可见这些辛苦的青春身影。如果能得到一年一签毫无保障的聘雇工作，竟然像是得到了宝一样，都可以考虑成家立业了。

在这样廉价又残酷的恶劣环境中，年轻人怎么会有自负傲慢的条件呢？或许，那些外在的表象只是用来掩饰内心的尴尬、焦虑、愤怒和自卑吧？

在某次新进人员的口试中，有一个工作八年、换了五个工作的年轻应征者很笃定地坐在几个主考官面前，她主动回答了大家的疑惑，说：“我知道你们一定不会想要录取一个那么会换工作的人，因为我可能对公司不忠心，我可能对工作缺乏热忱。不然，就是我和人很难相处。错了，我是一个认真工作也很讨人喜欢的人。就是因为我对工作充满了期待和想象，才会不停地换工作。我工作，只为了我自己，我想在工作中学习新的事物，我想在工作中得到成长，是和我的公司一起成长、发展。如果我发现自己在这家公司已经毫无成长的可能，公司也毫无发展的可能，我却继续留下来，我会觉得对不起自己，也对不起公司。当我发现自己无法对公司有任何贡献时，还不离开，难道想继续混日子吗？我的人生才刚开始，我不想打混！工作心态是最重要的！”

这个年轻人真的很优秀，当时我们以第一名录取了她，我请人事单位安排她和我单独见面。三天后，人事单位告诉我，她在另一家公司也是以第一名的成绩被录取，她决定去那家比较有发展可能的公司上班。虽然我们无缘成为同事，但是她的一席话彻底改变了我们对年轻世代的观念。

这个小故事也替我回答了台下年轻人的三个问题，教育、工作、生命，都是为了让小我不断地成长，让大我得到发展。所以你工作是为了你自己，为了你自己的学习和成长，为自己寻求一种成就感，一种价值感，一种创造感，甚至于是一种生命的意义。

流浪、劳动、谋生，哪里不对？

“台湾‘清大’学生去澳洲打工当屠夫成为台劳”这个“故事”，终于引爆了媒体和网络热烈的讨论，不但引发其他媒体直接飞到澳洲去采访，连“故事”中的当事人和台湾“清华大学”的副校长都出面抗议这则报道有失偏颇，甚至于有辱台湾“清华大学”师生。不过官方说，这是一种“壮游”，是“外事部门”向其他国家争取来的打工名额。

请注意我用了“故事”这两个字。因为最初报道这个事件的杂志已经承认当初他们是为了“保护当事人”，所以采取“移花接木”的写作方式，将不同的人所发生的事情放在同一个人身上，真正的用意是提醒当局正视现在年轻人所面临大量失业和低薪的险恶环境，已经逼迫许多年轻人远走他乡去当台劳的事实。

用“写故事”的方式来报道一个真实的现象，基本上是违背了新闻写作的原则，新闻就是新闻，就像历史就是历史，重点应该是让真相重现。“故事”是虚构的，就像写小说，重点是能引起读者的共鸣。

充满戏剧张力的“故事”会有强大的疗愈作用，你可以从故事中的当事人澄清后，有些网友却指责这个当事人不敢站出来，遮遮掩掩反而是看轻了自己。从疗愈伤口和宣泄愤怒的角度来看，这个“故事”已经达到了最初的目的。

许多相关报道会形容这些大学生宁愿放弃在台湾的专业工作，像理财、金融、保险等，远走他乡去当台劳，只为多赚一点钱，能早日存到第一桶金。我阅读着这些充满个人价值观和偏见的报道，心里很纳闷，这些年轻人不愿意在有冷气的办公室里，穿着西装、打着领带，或是全套洋装踩着高跟鞋，面对不同客户说着相同的分析和道理，反而搭着飞机远走异乡，去接触另一个文化、语言、气候都不同的环境，用劳力或技术赚取比家乡多好几倍的酬劳，哪儿有不对？这些年轻人是不是更需要有一种冒险的勇气？更需要具备应对不同环境的能力？需要吃更多体力上的苦头？从流浪、劳动、谋生的角度看来，到底哪里不对？那是更艰苦的挑战，而不是更安逸的逃避。

由此我们看到了更深层面的问题，那就是整个社会的价值观，并不鼓励年轻人远行、冒险、流浪，去看外面的世界，整个社会也相当看轻“劳动”这件事情，尤其是“外劳”。

先说流浪。云门舞集的“流浪者计划”已经办到第六届了。他们支持那些想到远方去流浪，企图自我追寻、实现梦想的年轻人走出家门，浪迹天涯。这一届他们选出了十二个年轻人去中国大陆、日本、土耳其、印度、缅甸流浪，在流浪的过程中进行一些探访和调查，像聆听土耳其的“声音”，用在剧场的训练；像前往印度的恒河追寻古老文明，追寻内在自我；像去缅甸实地观察军政府统治下的人权状况。这个计划是以艺术文化和社会服务为主，通过从各界募款，资助这些年轻人远离家园去流浪。虽然这个计划和那些远赴异乡打工旅行，或是纯粹为了谋生的动机不一样，但是在“流浪”的意义上其实是相近的。

当初林怀民想要推广这种流浪的概念，就是想鼓励年轻人勇敢离开熟悉的家园，去陌生的异乡流浪，为的是自我放逐和自我追寻，最后完成一个和艺术文化或社会服务有关的计划。那些得靠自己在异乡谋生或打工旅行的年轻人，在辛苦谦卑工作的过程中也可能是另一种体验，也或许更能看清自己。

再说劳动。为什么当媒体用“台劳”来形容远赴异乡打工的年轻人时，会引起当事人和学校的不满？因为我们会想到那些远离家园来到台湾工作的外劳。台湾社会最深层的价值，依旧摆脱不掉“万般皆下品，唯有读书高”的士大夫阶级意识，表现在对待外劳的态度就更明显了。记得我们家申请外劳时，中介一再叮咛说：“不要给她睡在床上，也别给她吃太好、睡太饱，更不要给她太多自由。”

妈妈当时就说了一句很仁慈的话：“人家也是有父母的少女，不得已来到异乡工作，要给她最起码的温饱吧。”于是我们就为她准备了一张床，放在妈妈旁边，也尊重她的信仰和饮食习惯。那个来自印尼的少女会画图，也会唱歌，成了妈妈晚年最亲密的照顾者。妈妈走后，她去了另外一个家庭，据说不但没有床可睡，还经常保持饥饿状态。

我遇到过一名来自越南的外劳，原本的职业是医生，因为在越战时救过美国军人，所以北越政府上台后只让她当兽医，于是她决定来台湾当外劳，照顾一个家庭的老人和小孩。后来她罹患癌症，在台湾接受治疗，雇主反而成了照顾者。外劳会远赴异乡打工赚取微薄的酬劳，替我们解决了许多社会问题，我们应该用感恩的心面对他们。所以当我们的年轻人真的远赴异乡当“台劳”时，也不应该用看轻的态度去描述和面对。

年轻人选择远赴异乡流浪、劳动、谋生，哪里不对？真正不对的是上一代人留给他们的，是一个缺乏正义、公平的社会，一个再多的努力和认真都将是徒劳的环境，一个看不到希望和光明的地方，让那些到远方流浪、劳动、谋生的年轻人的故事，被唱成了一首首绝望的悲歌。

Man 不 Man

我从小被教育成要当一个阳刚的男人，也努力朝向这样的模样和人生走去。

我高中练习长跑、跆拳道，大学不屑于参加校刊社，反而加入国术社，并且成为篮球场上的神射手。尽管如此，我常常为自己的身材感到自卑，时常仰望着比我高大雄伟的男人自惭形秽。当我得知因深度近视可能没有资格服兵役时，简直是晴天霹雳、当头棒喝，我躲到书房痛哭流涕。我不明白为什么当时有不少大专生为了逃避兵役，想尽各种办法让自己增胖或是得病，甚至自残。后来我发现自己不能当兵只是资讯错误，于是开开心心地考上了预备军官，进入军队。

进了凤山卫武营受训时，刚从政战学校毕业两年的中尉菜鸟辅导长询问谁有写作和画图的专长时，我没有举手，而那些来自各医学院的同学争先恐后地举手，甚至站起来大叫——我，我，我。我没有举手，因为我是来磨炼自己的，我愿意被太阳晒、被磨炼，我想趴在泥土地上，让脸上因为汗水而沾满了泥土，发出男性特有的臭味。结果那些高举双手喊着我、我、我的准医生们，在出操时被菜鸟辅导长留下来，考验他们的写作及画图能力。

隔了一天，菜鸟辅导长大大地发了顿脾气说，这些举手的人连只鸭子都不会画，文笔也很差。于是菜鸟辅导长很生气地又问了一次，到底有没有人会写作和画图？这时我的大学同学实在忍不住了，就举起手指了指我，说我就是写《蛹之生》的作家小野，所有人都哇了一声，我满脸通红想找个地洞钻。

受训完，分发部队抽签时，大部分的人都抽到上上签，被派到各级医院当军医，或是管理卫生勤务，这些工作有些是上下班。我们班有些同学也被派到医院当军医，其实读书时我们只解剖过青蛙和兔子，但是遇到紧急情况，同学们还是被迫上场替病人割盲肠。

我如愿抽到在别人心目中的下下签，被分发到医院附属的救护车连当预官排长，那是每天都要出操的战斗连队，步兵扛的是步枪，我们扛的是非常重的担架，平日的操枪、打靶、演习和一般步兵一样。后来上级单位发现我是作家，设法调我去指挥部门当文书，被我婉拒了。我是部队的射击教练，专门训练士兵们使用步枪和实弹射击，我也接受手枪的射击训练，唱着《军人的事业在战场》，朝着自己想象中的“真男人”前进。

下部队后，见到许多我完全没有接触过的人和光怪陆离的事，是我成为“真男人”的第一步而且步子很大，天天考验着我们这批被老士官们嘲笑没有打过仗的大专生。

我的第一个考验是，半夜一个新进士兵来敲门，他说他在外面还有尚未解决的事情，想向我请一个晚上的假，但是他要翻墙出去、翻墙回来，他不会走大门，要我相信他一次。我望着他热切的眼神，学着用江湖的语言说：“我用自己被判军法来赌对你的信任，这是我们男人之间的义气。”他走了，我失眠到天亮，直到听到他敲门的声音，才知道自己过了第一关。

下一关更严峻。有个士兵因为不服被禁足，不能外出回家见老婆，借着酒意在站哨时，将步枪的子弹上了膛，他大吼大叫说要和连长、排长同归于尽。那天正好轮到我是值星排长，身上斜披着一条值星红带，我鼓起勇气边说话边走向他，也是用江湖语气。我说这件事交给李排，我了解你的苦闷和委屈，我会给你一个交代。你千万千万不要冲动，家里还有老父、老母，还有老婆。我夺下了他的枪，他抱着我痛哭流涕。我拍着他的背，心想我又过一关了。闪在一边的老士官们对我竖起大拇指。

离开部队，来到了真正的社会，我游走在各种不同的工作领域，总觉得自己很不能安于现状，老是想推动一些改革。直到这些年，我才渐渐领悟了一件事——真男人不是靠体格高大魁梧多毛来显示雄性动物的特征，也不是靠舞刀弄枪表现阳刚威武野蛮的一面。追求真理无畏无惧的精神、温柔体贴替别人着想的态度、一诺千金的豪迈作风、勇于承担别人无法承担的事情、热情热血的天性，这些特质才会让人产生安全感，这些发自内在的气质和魅力才是最 Man 的。

人生的战场不是只有杀死敌人的沙场，还有更多可以让人实现社会正义或是艺术理想的战场；革命也不一定是要在战场杀死敌人啊，只要能创新不守旧，只要能带动新的风潮，都是一种革命。那才像是江河涌向海洋、星球环绕太阳的气势和魄力。想通了这些后，我变得很坦然而自在，忽然觉得自己可以抬头挺胸了。

或许我在许多聪明人的眼中是个大傻瓜，曾经做出许多愚笨的选择，只因为简单纯洁的信念。

经历了岁月的淘洗，此刻，不再那么天真了。所以，我觉得自己很 Man，很帅，很男人。

学生爱翘课，都是老师的错？

如果时间充分，我喜欢搭公交车，我习惯在公交车上看小说。如果公交车上有人谈话声音很大，我也不排斥，就当成是在听小说。

有几个看起来青春洋溢的女大学生，在公交车上聊着关于翘课这件事情。

扎着马尾巴的说："那个老师教来教去都是那几样，看课本就够了，上他的课真的很浪费时间！声音又平平的，像是在催眠，想不睡着很难呢。我开始认真考虑要翘他的课啦。"

穿红色短裙的更恶毒："你还去上课啊，不但浪费时间，耗损青春，还会降低智商哩，所以啊，他的课能翘就翘！怪不得我们！"

彩绘指甲的搭腔说："我连教室在哪里都还没搞清楚，他也知道自己很差，不会当学生。我们没当掉他就不错了。对不对啊？"引来一阵狂笑，笑得脸都红透了。

马尾巴又提起另一个爱吹嘘当年勇的老教授，引起大家一阵批斗，马尾巴很开心地做了结论："所以学生爱翘课，都是老师的错！

哈哈哈！”

科技大楼站到了，几个女学生嘻嘻哈哈地冲下了车。我也跟着下车，我要去游泳，还好，我不是他们口中的老师。我不当老师已经很久很久了。

很久以前我当过老师，从来没有担心过学生有翘课的问题。医学院的学生做实验不敢翘课，他们通常是一组一组地做实验，翘课不但会被同组的同学小看，自己也怕跟不上。青蛙的骨头、兔子的肌肉、一大堆的显微切片，少上一次课要花更多的时间弥补，每个人考试都紧张得好想带小抄，所以我不用点名，实验室里少了一个学生全班都会知道。

但是许多年之后，受邀去一所出了很多明星和导演的艺术大学开电影编剧课，上课铃声响很久，学生们姗姗来迟，有的还在啃鸡腿，有的还在喝可乐，更多人根本是没来上课。

我心想，想当医生的和想搞艺术的，大概是不同类的人吧。于是我决定改变教学策略，采取互动式的教法，不断地提问。我在黑板上写着一些电影剧本的情节，让有来上课的同学们轮流上台发挥。我从不点名，我认为想要学习的同学，自然会很用功地学习；连来都不来的同学，由他们去吧，也许他们根本不想学习，也许他们是天才，水平早已超越了我。

有一次下课后，我走在校园，迎面有个已经当了明星的女学生骑着单车，热切地和我打招呼：“嗨，老师好，下课啦？哈哈，下次找时间去上你的课。”原来她也是我这一班的学生，从来没有出现过。我一点也不生气，因为学习是学生自己的事情啊，得与失也都是学生自己的选择和承担。整个学期下来，有两名男学生最认真，不但从未翘课，最后交出来的作业，水平远远超过其他学生。

这一届的学生毕业后，有两个人正式进入台湾的电影界。一个曾经跟着杨德昌当副导演，后来也正式当上了导演；一个是当过大导演的执行制片，现在也拥有一家电影公司。这两位走上专业道路的人，正是当年那两个上课最认真的学生。有一次这个制片人遇到我，和我聊起当时来上编剧课时的情景，他还说得出我对他的作业的评语和意见，他说他这辈子都会记得。至于从没来上课的女学生，在这个行业红过一阵子，很快就没她的消息了。

我在美国读研究所时，拿的是助教奖学金，也带过大学的生物实验课，来选这门课的学生简直是五花八门，程度有天壤之别。学校在政策上是鼓励学生可以跨不同领域修各种课，借此摸索自己的兴趣，如果发现自己成绩跟不上、考坏了，随时来得及办退选。所以在我的学生里面，有那种每堂课都抢在第一排中央认真听课，每次都考满分的预医科学生，也有连高中基本数学公式都没学过的学生，更有每次考试完会涂改答案来和我要分数的学生。不过他们也都不太会翘课，只有学生会在最后关头退选。那一刻我更加相信，要不要学习真的是学生自己的事情，每个学生都将得到不一样的结果和人生。

所以学生爱翘课，都是老师的错吗?

这样说也许对了一部分。以现在的大学教育体制和发展而言，各大学里充斥着不少胡乱充数的师资，完全怪学生不想认真上课或是上课睡觉，的确有点不公平。更何况，学生们学习态度的差异，会决定他们未来人生的结果，这是他们未来要承担的，就随他们去吧，这是他们的选择。

有时候，你可以开除你的老板

年轻人为了 22K 这件事已经讨论很久了。

有人认为年轻人缺乏实务经验，能去一家公司学习实务经验，老板“愿意”给你学习还给你钱，就应该偷笑了，你还敢嫌少？再吵，就连工作机会都没有了。

于是，最近终于有大老板脱口而出 15K 这样的数字。虽然每句话都有当时的现场气氛和一些传播后的误解，但是从心理分析的观点看来，不小心脱口而出的话，往往才是真心话。或许他也说出了一些做老板的人真正的心声：我们为这个社会制造了很多的工作机会，别以为老板是很好当的。

当然还有另外一种说法是，老板没有能力或意愿将企业创新升级，创造企业本身更高的价值，为了维持企业起码的竞争力，获取自身更多的利润，只能选择一再压低劳工的薪资一途。

于是，也有不少企业家承认台湾企业无法创新和升级，才是导致劳工薪资无法提升的主要原因，而这个原因也无法在短短的几年内有所改善，甚至于为了刺激经济成长的假象，许多政策反而是不利于企业的创新和升级。因此有企业家出来喊话，要大家一起努力，五年后让 22K 提高到 44K！这个数字提出后，年轻人叫好，很多老板都摇头说，很难。你也终于发现，同样都是“老板”，但是种类很多，为了自己的前途，你一定要看清楚想明白。

当你发现你的老板根本没有什么远见或是格局，甚至没有什么想法和看法时，你可要小心了。你已经可以感觉到继续跟他做下去，只会让自己原地踏步，甚至会越来越退步，那就是你得想办法换个工作的关键时刻了。不然有一天，当公司真的被老板做垮了，你也被迫离职，再想重新找一份工作时，可能为时已晚。因为就在你和你那个没有方向和目标的老板团团转的时候，原本和你差不多时候进入职场的人在各方面已经超越你很多，将来你可能还要向他讨一份工作了。

当你发现你的老板是个自私自利的家伙，心中只有他自己而没有员工，你可要好好想一想了。这种老板通常表现在外会有点神气活现、趾高气扬的，在事业上有点小成就或是小成功，让他有一种自以为是、天纵英明的错觉，一开口就骂人，有时候过剩的口水还会喷到你的脸上，总觉得每个员工都是靠他在供养的，他可是一方之霸，谁都别想忤逆他。他从来不考虑该给员工的福利，满脑子只想到如何多压榨员工的智慧和劳力，以换取自己更多的利润，让他能在别处一掷千金。遇到这种老板，你的尊严会越来越低。劝你还有一息尚存、青春尚在的时候，留下一点力气寻找下一个工作。然后，将这种老板开除。

有一家公司的员工流动率很低，虽然老板很少出现在公司，但是员工们都很自动去开发业务，日夜加班毫无怨言，于是生意越来越兴隆。许多同业都很好奇，到底这个看起来很闲散的老板是用什么方式管理公司的？有个跑财经线的记者想要采访这个老板，老板就约这个记者打高尔夫球。打球过程老板什么也没有说，回程时老板对记者说：“每个员工进来时我就告诉他们，我不会将这家公司传给我的儿子，我和我的合伙人都已经讲好了，这家公司最后是属于你们的。如果你们把它做垮了，我们就关门，做起来了，就是你们的。”

这家公司越做越好，他们不会想要开除老板，因为他们每个人都是老板！

辑 二

世界虽然残酷，我们还是有很多人和事物值得相信

没有经过怀疑和反抗的天真乐观，往往容易成为自我安慰的催眠而已，像一阵风，是留不住的。

对于成功，我不再像年轻时那么狂喜和期待，更不像中壮年时那么觉得理所当然，甚至于理直气壮。我知道成功不一定会让世界更美好。我相信，真正通往美好世界的道路是要更谦卑、更感恩……

在日出时醒来

写给不再相信世界美好的你

被海风吹冷的热可可和大浴巾

你如果告诉我说，你再也不相信这个世界是美好的，我一点也不惊讶，更不会怪你如此的负面思考、如此的消极，因为，这一切的怀疑其实都是合理的。没有经过怀疑和反抗的天真乐观，往往容易成为自我安慰的催眠而已，像一阵风，是留不住的。

我最近几乎婉拒了所有的演讲邀约，我常常陷入一种莫名的悲伤情绪，我如何能强颜欢笑、故作积极状呢？在这许多邀约信中，有一封引起我的注意。对方是一位资深的心理咨商师，在一所大学从事心理咨商工作多年，她说，现在大学生的心理状态越来越难以捉摸，她有一种很深的无力感。单就去年一年，她经历三次学生自杀事件。她很痛苦，她不明白这些年轻的生命到底遇到什么过不去的关卡，为什么在他们生命的终点，多是以失败者的面貌认同自己。

她读过一篇我写的关于失败的文章，感到内心澎湃，希望我能去学校做一场演讲。我迟迟没有回复，因为我不是生命导师，也不是励志作家，我只是一个勤劳的探索者，我不知道要如何说清楚讲明白人生的所有道理。我就从一个短暂的瞬间说起吧，关于一杯被海风吹冷的热可可和一条大浴巾。

记得那是邮轮之旅的第二个夜晚。当时邮轮正朝着东南方行驶，时间又少了一小时，日出时间变成是七点十三分，这时我醒了，我赶快翻身起床，想看海上的日出奇景。可是整个海上全是浓云密布，并未见到日出，但我还是不甘心地朝东方拍了几张照片。陪伴我的是逐渐变暖的海风、船破浪前行的声音和一杯弟弟去九楼甲板取下来的热可可。我原来还想爬上九楼甲板看日出，弟弟说他刚从九楼甲板下来，工人刚刚把甲板洗了一遍，湿湿的很滑。他听到两个老人聊天说，微雨的黎明，不会有日出的美景，弟弟递给了我一条大浴巾，说阳台的椅子湿了，可以用这条大浴巾擦擦。

我把面向窗的帘子放下半片，怕惊扰了熟睡中的全全。这一夜，我的睡眠很短。我在三点三十七分醒来上厕所，如果少掉一小时，竟然和昨天夜里第一次醒来时间完全相同。当我们将自己放空时，生理时钟和大自然竟然是同步调的。

七点三十八分，原来东南方那片橘色的晨曦瞬间消失，海上下起雨来，雨丝扫过我的脸，我用弟弟给我的大浴巾略微擦拭自己的脸，如同擦掉醒来前的两个很淡很轻的梦。这两个梦都是我婉拒了不同的邀约，对方很不悦，对我大发脾气，我感到很内疚。

八点，天终于蓝成了一大片，浓厚的白云从原本的天空背景跳出来成了天空的主景，隐约可见阳光反射在云端的角落，天空终于完全地亮了。正如那两个原本以为无聊到让人想赶快擦掉的梦，在我脑海亮了起来。

越是寻常无聊的琐碎梦境片段，越是每个人最真实的心境。从去年，从前年，从很久以前的过去，再到今年，甚至到很久以后的未来，我们仍旧会在这样挥之不去的情绪中起起伏伏，懊恼、遗憾、失落、自责、愤怒，所有负面的情绪都源自于对自我的不确定和被紧紧捆绑的感觉。

这两个琐碎的断梦，其实是极有启发性的。它们反映出我的焦虑和缺乏自信，反映出我想讨好别人的性格，反映出我深沉的自卑，反映出我强烈渴望被人尊敬、被人爱慕，这些都是过去成长过程中，被埋进生命的土壤里渐渐茁壮长大成荫的种子。之后，我再也没睡着；清醒，一如进入深沉的梦境，一个自己无法察觉的潜意识的世界。

我喝了一口已经被海风吹冷的热可可，就像是喝下了弟弟的温柔和慈爱，他的温柔和慈爱不因海风而变冷。我觉得眼眶有点热，用弟弟给我的大浴巾擦拭眼睛，那么大的浴巾可以承受一生一世的眼泪。当我借由梦境一再看清楚自己深藏最底层的心绪时，外在的世界忽然变得一片清朗美好。

让爱更自由

就是在海上航行的这个夜晚，在我清醒着的当下，忽然看清楚了关于爱和被爱这两件人生最重要的事情。弟弟在旅途中曾经语重心长地对我说："人虽然是群居的动物，但是人的最高境界就是要在精神层面上自给自足，能享受独处和忍受寂寞。我现在几乎已经能做到了。"

这个清醒的夜晚，我不断想着这句话的意义。当一个人在精神层面上自给自足之后，他的爱会变得非常自由，他可以爱别人，但是不求回报，他在爱别人的过程中得到快乐和满足。如果只是因为想得到别人的爱，才付出希望能有更多回馈的爱，爱就成了一种占有和权力。爱不应该是一种权力和控制，更不应以爱之名向你所爱的人进行勒索。爱的本身就是一切，爱会产生牵挂和负担，但不会产生怨怼和仇恨。如果你听到一个人对另一个人说："如果你真的爱我的话，先把自己的人生过好。"这句话的意思是，一个不懂得爱自己的人，是不可能爱别人的。

爱自己不是自私自利，而是知道自己活着的意义和价值，能够在精神上自给自足，这样的爱才会得到真正的自由。不断地透过勒索和试炼的爱不是真的爱，只是源自于缺乏自信，源自于焦虑不安，源自于想要权力和控制。爱如果可以更自由，人生会不会有更多的宽恕与和解？世界会不会让人觉得更美好？但是很多人却受困于自以为是的爱，产生疑惑、迷惘和痛苦，甚至过不了关，自我了断。

八点五十分，白云下沉至海天交界处，天变成完全透明的蓝，今天应该可以登陆美国最南方的岛屿西锁岛了。我听到弟弟对发烧的全全说，如果不舒服就不要去西锁岛了，全全说他很想去。因为去年风浪太大没有登陆，这次再来，一定要去岛上看看。

我知故我信

又是一个见不到日出的清晨，但是七点零三分日出时间前，我还是自然醒过来了，弟弟问我是不是要看日出，我答非所问地说，还好。这是全全的回答方式。我说“还好”的意思是，不再那么在乎有没有“亲眼”见到日出了，这段在海上生活的日子，我已经能在日出的时间自然醒来，这是我身体的重大改变。我喜欢这种感觉，没有看到，但是知道，知道太阳升起了。

“知道”是很重要的，那比体验还重要。很多人有过很多体验，但是因为不知道体验背后的“知识”和“意义”，再多的体验都无法让生命增加能量。

记得当孩子很小的时候，我在家里放着显微镜、望远镜和地球仪三样东西，不管将来他们长大后要从事什么专业工作，我希望他们透过望远镜探测星空，可以知道宇宙的浩瀚，知道人类的渺小，知道宇宙和人类之间存在一种未知的法则；透过显微镜看到肉眼看不到的动植物，知道人的肉眼多么有限，知道人类和其他动植物的依存关系，接受人不是地球主宰的事实；通过地球仪知道这个世界上还有许多其他人生活在不同的地方，我们要知道互相尊重，扶助弱势，珍惜自己文化的重要，知道不要看轻别人。知道这些道理后，我们会虚心，我们会勇敢，我们会相信一些人、一些事、一些物，我们会相信世界是美好的，只要我们相信。

海天之间，橘色的光已经被点燃，像是千万艘王船齐放但立刻被海水浇熄，王船只能抑郁地焚燃闷烧，在船舷左后方。船往南行，驶离美国，驶离墨西哥湾，航向更南方加勒比海上的英属大开曼岛。不久，太阳如熊熊烈火，将原本遮蔽的灰色天空烧出了一个大洞，瞬间整个天空都被烧熔化了，天终于完全亮了。

这一夜的梦比较明亮，如今晨的日出。梦里我写了一部电影剧本，也配合出版了一本新书，相关人员向我简报整个行销计划。他们说，我们的气势将如汹涌的潮水，挡也挡不住！所有的助力将从四面八方涌来，我们将获得最大的成功！我觉得很心虚、很恐惧，我希望这一切要低调。

对于成功，我不再像年轻时那么狂喜和期待，更不像中壮年时那么觉得理所当然，甚至于理直气壮。我知道成功不一定会让世界更美好。我相信，真正通往美好世界的道路要更谦卑、更感恩。梦境表达了我的真实心情。

带着旗帜进教堂

我们这趟旅行的总规划师其实是全全，弟弟只是他的执行长。全全的世界很简单，他要的东西并不多，但是非常坚持，坚持到让别人得顺从他的意志。邮轮之旅结束后，全全安排的最后一个节目是要参加休斯敦胡木教会的礼拜，听牧师讲道。全全喜欢听牧师讲道，他讲道的内容被人称为成功神学，强调只要相信，天底下没有不可能的事情，他的演讲过程总是洋溢着乐观、入世、神迹、恩典的欢乐氛围。

我们一行五人起了个大早，从休斯敦的旅馆出发前往胡木教会，全全手中拿着一面有台湾标记的旗帜，弟弟告诉我说，全全是想让别人知道他的大伯和二姑姑是来自台湾的，这也是他的坚持，这是整个教会里面唯一的一面旗帜。

全全在路易斯安那出生，他熟知美国的历史和地理，却也知道他的爸爸和妈妈的家乡是台湾，他们还有很多亲人都是住在台湾，所以当他在媒体上阅读到少数有关台湾的新闻时会非常地忧心，忧心台湾未来的前途，尤其是政治方面的不确定。他的忧心往往超越住在台湾的台湾人，所以他坚持要拿着旗帜进场。

我戴着一顶有点像军人的墨绿色帽子，背着一个在旅行途中一直跟着我的大背包走进教会。我这般有点像恐怖分子的模样，立刻引起了一个外貌和蔼可亲的接待人员的注意，他拦下我，并且用无线电对讲机通知安全人员，要求检查我的背包。他从我的陌生表情感觉到我是第一次踏进这个教会，善意地提醒我说等讲道结束后，牧师会在门口接受排队签名。

胡木教会是全美国最大的教会，他们买下了原本是休斯敦火箭队的球场，整个会场在企业化的经营下戒备森严、井然有序。虽然我通过了安全检查，但是我的心情依旧像是个来观光的旅人，看着观察台上唱着圣歌的人和台下跟着唱的观众们。我不是来朝圣的信徒。

我注意到坐在我前排的一位年轻的黑人母亲，带着两个年幼的儿子，为了让他们能安静地听完全场的讲道，她还带了食物和玩具进来。坐在他们前面的是一对很年轻的白人夫妻，他们之间夹了一台婴儿车，里面躺着一个咬着奶嘴的可爱婴儿。

牧师今天讲了几个小故事，一些是关于他家族的，一个是关于自闭儿的。他反复用了洪水(Flood)这个字眼来形容上帝给予人的恩典、复原和医治，他说只要你相信，上帝给予你的，将如洪水一般源源不绝而来。一如往昔，台下的观众们被牧师动人的演讲激励着，有人鼓掌，有人赞美，有人喜极而泣，全全一度还激动地挥舞着旗帜。我注意到那两个黑人小孩在抢一支签字笔，不久，其中那个比较小的终于放声大哭，坐在最外面的工作人员立刻起立，黑人妈妈迅速带着两名幼儿离开了现场，双方非常有默契。

讲道结束后，照例会请台下有感动，但是尚未受洗的听众起立，那对带着婴儿来的年轻夫妻和许多人都站了起来。我和过去一样，没有站起来。我没有站起来，不是因为不相信牧师说的那些话，在我过往的人生经验中，甚至经常发生牧师口中那些像奇迹般的事情。我没有站起来，只因为我无法在群众那样如痴如狂的歌声和赞美声中起身，我不想受到外在环境和气氛的影响。我要保持不断地怀疑，因为只有透过怀疑，才能使我的相信如磐石般坚定而持久。

我在日出时醒来，知道此刻我正在一趟遥远的旅行中。世界虽然残酷，但是阳光永远是那么温暖，阳光洒在我的身上，感觉竟是如此的美好。我们还是有很多人、事、物值得信赖。

我们得学着相信自己的选择，学着相信自己，这样才能相信这世界的存在是有它永恒不变的法则。

不安的李安

这是一个有点浮躁的周末午后。车子开进了那条窄窄的巷子，因为旁边那栋原本是联合报的总部大楼拆掉了，所以视觉上反而很开阔。

下车的时候，司机忽然看着我说：“你长得很像李安。”

我说：“真的吗？我现在正要去找李安呢。”

走进还在赶工的松山文创园区里，一切都那么“魔幻写实”，一切都那么“尚未完成”，我拿起手机拍起照片来，像个来玩的游客。我的心情很轻松，虽然说这是和李安的聊天会，我只想帮忙讲几个笑话，当个小丑而已。能让人发笑，开开心心的，我真的很愿意，人生充满了焦虑和不安，能大声笑真的很重要。

我准备了两三个笑话，也将圆周率（π）从小数点后面十四个数字再加背到三十个数字，一路上重复念着这个无理数，以此表达我对李安的敬意。

看完李安的新片后，我觉得这个圆周率的无理数在电影中有一定的象征意义。如果圆周是宇宙，直径是顶天立地的人，那么宇宙和人之间有一种未知的法则，就像永远除不尽的无理数，小数点后面的数字可以一直无限地往下增加。

3.14159265358979323846264338327950……我一路背着这个无理数来到了演讲厅的后台，我觉得自己好无聊。其实人生原本就很无聊，才会有那么多说不完的大道理，用来指导这种无可救药的无聊加茫然焦虑的感觉吧？李安曾经说过，他最讨厌别人讲一大堆人生的大道理，他说他从来不相信那些大道理，觉得都是骗人的玩意儿。所以，李安才想要拍许多不同类型的电影来让许多人打发无聊的人生，充实一下空虚的生命。他说他的电影是要让不同的人，各自得到不同的感动，但是他并没有在电影中提供任何人生的答案。他说，因为连他自己都不知道答案，要如何给别人答案呢？

李安终于出现在后台了。天气出奇的热，他原本没有穿外套，看我有穿外套还问了一句说："要穿外套啊？"然后，匆匆披上了外套。他这一路上都是这样匆匆的，从一座城市飞到另一座城市，从一个行程赶赴下一个行程。两天前的深夜见到他时，一脸憔悴疲惫，此刻又恢复红光满面。台下坐满了李安的粉丝和年轻的电影工作者，几个我认识的年轻电影工作者都说是要来充电的，李安是许多台湾电影工作者的标杆。

这个聊天会比我预期的还轻松愉快，主持人曾伟祯准备很充分，也很专业。另一个参加对谈的人是陈文茜，她很能主导议题和气氛，还不忘给我一记"回马枪"，说我成名太早，现在一定很嫉妒大器晚成的李安。

我问自己，嫉妒李安吗？是啊，嫉妒是正常的啊，嫉妒他深不可测度的天分，嫉妒他能那么沉得住气，从纽约大学毕业在家里窝了整整六年，忍受一般男人无法忍受的家庭煮夫生活，像海绵一般，不断吸收新知并永无止境地自我锻炼和探索；更嫉妒他在功成名就后，还能虚怀若谷、诚恳谦虚，照常像个凡夫俗子般过着平淡的家常生活。

为了制造现场“笑”果，我故意说，李安谦虚得简直有点虚伪。其实我知道，那是因为他很有自信，无须张牙舞爪、壮大声势。越有实力的人越谦虚，这是我过往人生最深刻的体验。那些在台面上口若悬河、滔滔不绝的人啊，别被他们的唾液喷在脸上，很不值得。

每次拍片都是在充满不安、焦虑、怀疑到几乎要解体的状态下完成，李安到底是如何让自己的身心达到平衡呢？在《阅读蒙田，是为了生活》这本书里，有一首诗人托马斯·摩尔写的诗，是这样描写“怀疑”的：“多好啊，怀疑使人安适！驶离错误的浪头，终于航抵你平静的港口，真是惬意，船只在起伏的怀疑中摇曳，我笑着迎接与世无争的海风。”或许这就是不安的李安，永远看起来都像个腼腆的小孩那样天真、害羞，却很惬意的原因吧。人生的答案正是在怀疑中清楚明白的。

李安不是我的偶像，他更像是我的家人，同样都有着一颗漂泊不定的心和永不服输的意志，翻过一座又一座的崇山峻岭。

爱没有权力，有的只是负担和牵挂

当父母对着孩子执行一些“自以为是”的权力时，经常是以“爱”为名；当老师们用重重的体罚，或是用充满暴力的言语随意羞辱学生时，往往也是打着“教育”的神圣旗帜为所欲为。这些以“爱”及“教育”为名的行为是违反人性，甚至违法的！

当你发现自己的父母亲或是老师们常常犯这些错误时，请你用宽恕和同情的心来面对这一切，并且原谅他们。但是也请你要很勇敢地站出来，指正他们所犯下的错误，并且对他们说：“爱，没有权力。教育亦然。”这样的观念同样适用于男女的情感关系，爱情同样是没有权力的，有的只能是负担和牵挂。

我在两个孩子很小的时候，就不断用这样的观念提醒自己，也教育着孩子，因为我自己在为人父母或担任老师时，也经常犯下这样的错误。要犯下这样的错误其实是很容易的，因为我们从小也都是被这样对待长大的。随时随地被老师用教鞭抽打屁股或手心，甚至于都已经到了自尊心高涨的高中时期，我们的导师还可以像打拳击般朝着我的头部和脸部重击，我不但不敢控告他伤害，第二天，爸爸还拖着我要去老师住的宿舍下跪道歉。老师原以为我爸爸是来兴师问罪的，吓得不敢开门。那时候，我们都活得那么卑微而压抑，人格只有越来越扭曲变形。

但是，我知道这些都是错的，是要深切反省自觉的。所以我就曾经拿着自己小学写的日记给儿子看，当时才十岁的儿子躺在床上，“拜读”他的爷爷用密不通风的管教方式“控制”着我，日记上常常可见到他的爷爷写的红色钢笔字“不给你饭吃”和“吊起来打”，威胁着同样只有十岁大的我。儿子边看边大笑，他似乎更了解为什么我有时候望着他的眼神是那么“悲伤”和“荒凉”了。

不过，自从那次用日记和儿子沟通后，儿子却误以为写日记的目的是要写给未来的孩子看的，所以他后来写的日记都采取和未来儿子对话的文体书写。回想起来，这倒是不坏的创意，儿子从小就知道自己有一天会成为另一个孩子的父亲，十一岁的他，已经开始展开和那个遥远，但总有一天会诞生的小生命对话。（如今他终于等到那个小生命了。）

或许是受到我这种觉醒后的教育方式影响，女儿在读初中时，因为老师对班上同学发了一顿脾气后一发不可收拾，她竟然自以为是地在周记上洋洋洒洒写了一封想安慰老师的信，信的内容大概是说，她了解老师今天会这样暴怒或情绪失控，一定是和童年的成长有关，也许童年受过一些伤害，她要老师振作起来，还说她愿意原谅老师，帮助老师！

女儿写完后拿给我看，我看了哈哈大笑，还笑出眼泪来。我对女儿说你写得很感人，但是可能会引发更大的灾难。不过为了尊重女儿花了一整晚的心血和善意，我并没有阻止她交出那封信。不管后果如何，勇敢表达自己的想法总是值得鼓励的。

果然，老师回了她一封信，内容描述她自己是在多么幸福和丰富的环境里长大，家里常常堆满别人送来的东西，都吃不完、用不完。我知道女儿果然再一次激怒了老师。不过没关系，这是学习，也是成长，我从不后悔让孩子抱着同理心和别人相处。

记得当儿子还在赴纽约读书的飞机上时，我因为有点担心儿子会跟不上他没有学过的课程，于是就在深夜打开电脑，找到了他要去的学校科系的网站，上面有研究所一年级的课程，我将我所知道的部分和参考书籍写成了一份报告，寄到他的信箱里，我希望他到达纽约后就可以读到我的信。

同样地，当女儿还在飞往意大利佛罗伦萨的飞机上时，我也画了一份详细的佛罗伦萨地图寄给她，怕她迷路。后来才知道，他们都没有仔细看我写的信，因为我写的东西对他们而言并没有用。

但是我心里明白，对我而言，爱只是一种牵挂，一种负担。我做这些动作只是为了安抚我自己对孩子的思念而已，我是为自己而做。或许他们随手便删掉了我写的那封信，他们对我的爱感到很安全，他们相信我会一直这样疼爱着他们。

台湾，作为一个“伟大”的社会

美国《福布斯》杂志网站投资市场专栏，根据经济机会、生活品质、经商容易度、全球化等十项指标，选出全世界的十大“伟大”社会，台湾地区跻身第十名。前三名分别是德国、荷兰和英国，亚洲国家和地区中日本排第五，韩国排第八。

这项调查是比较偏向政治制度和经济发展的，如果从精神人文的层面来看，其实台湾也渐渐朝向了“伟大”迈进。在自由民主的政治体制下，经过两次政党轮替后，台湾社会已经渐渐摆脱了长期戒严所造成的威权控制的思维，也能够享受多元活泼的思维所带来的解脱和释放。台湾也渐渐走出了20世纪狂飙的80年代到90年代钱淹脚目[①]、一切向钱看的暴发户心态。

在文化艺术方面，早在20世纪还是威权的时代，台湾的艺术工作者就已冲破了各种禁忌，发展出没有意识形态包袱，足以登上世界舞台的绘画、舞蹈、戏剧、音乐和电影。这样一股由下而上所凝聚的

① “钱淹脚目”是一句闽南话，台湾人形容叹为观止的富庶程度。 ——编注

社会力量，鼓舞了更年青一代的文化工作者，让台湾走出悲情，勇猛前行，无人能挡。

在一次由台湾企业和媒体主办的华人文学比赛颁奖典礼上，有一位来自沈阳的作家在获奖感言中说，他的成长岁月里，几乎是依赖着来自台湾的文化讯息，向往着遥远的岛上一切文化发展，是它们给了他创作的动机和养分。有一段时间我接受来自大陆和香港好几家媒体的采访，他们一致表达对台湾过去和现在的电影及文学的向往，他们对台湾文化的高度关注，远远超过台湾本地的媒体。从他们在提问题时发亮钦羡的眼神中，我有一种作为台湾文化人的自信。

从日常生活中，我们更是看到了巨大的改变。台湾领导人选举期间搭上出租车，已经没有过去那种火药味了，大部分司机都放着音乐，有不少还听着爱乐电台的古典音乐。最多只是在你下车时，偷偷暗示你一句："你看，选对人就是这样，风调雨顺，国泰民安，夜不闭户。你说对不对呀，先生？"或是"《旧金山和约》只说日本放弃对中国台湾的主权，《开罗宣言》本没有签字。所以一切都只是占领，是不合法的……你说对不对？"通常我都会说对对对，然后付了钱下车。一蓝一绿，各自抒发自己的见解，这样的气氛很好。

搭上公交车后，看到服务人员扶着一位长得很清秀，也化了妆的女士上车，她坐在我身旁用手机和朋友聊天，快乐的口气让我无法想象她是一个生活很不方便的视障者。她和我在同一站下车，车厢外面已经守候着另一位服务员，等着搀扶这位视障的女士搭电扶梯去乘另一条路线的公交车。我跟在他们后面，有种说不出的感动。一个年轻妈妈推着婴儿车上了公交车，所有的乘客同时起立要让位，她摇手说谢谢，然后很多人都望着婴儿车里的婴儿微笑，很可爱。我们的下一代，是我们的未来。

我搭高铁抵达归仁（台南站），叫了一辆出租车赶去台南市，司机就像导游一般主动开始介绍台南的开发史和古迹。台南真的很好，他发自内心地对我说。我去了一趟南投雾峰乡就电影作演讲，台下坐满了各个年龄段的听众，我问台下的观众说：“我们为什么要自己拍电影？看好莱坞的电影不是更好吗？”没想到台下原本害羞的听众，竟然齐声回答说：“我们要有自己的文化呀！”

我顿时湿了眼眶，这是个连电影院都没有的地方啊……

是的。当一个社会里的大多数人都懂得互相尊重，懂得扶助弱势，懂得珍惜自己的文化和有限的土地；当更多年轻人对未来有着相同的愿景，也愿意为这个愿景付出自己的心力时，这个社会就真的离“伟大”不远了。

朋友，你相信什么？

我上了公交车，发现还有一个空位，我坐了下去，这一趟路程有点远。

我的身旁坐了一个很年轻的女子，年轻到应该在玩手机上的游戏，但是她拿着的是一张释迦牟尼佛的小画像和一个小小的计数器，原来她是在念“阿弥陀佛”。她挪动了一下身体，念经的声音变得更轻。

没有任何宗教信仰的我，脑袋里跳出的第一个问题是：“年纪轻轻的，怎么会活得那么不安和焦虑呢？”我对宗教并没有成见，只是对于人的深层心理状态很感兴趣。

车子向前奔驰，如同我们每个人渐渐会老去的生命。我闭上眼睛，脑子里跳出两个字来：“相信。”

我想起一个年轻的女学生。有一个从重庆大学来台湾当交换学生的女学生，曾经对我说过一番发人深省的话。她说，她来到台湾后，发现台湾人最珍贵的特质是：“台湾人还相信一些事情，例如宗教，例如爱情，例如人性，例如梦想……而我们是什么都不相信的，唯一相信的是钱，大家只相信钱能买到一切人生想要的东西。这种心态很恐怖吧？”

我永远记得说这句话的女大学生瞪大双眼，一脸忧心的模样。我心想，还好中国大陆的年青一代，还有不少像这样的觉醒者，他们知道社会的问题出在哪里。在我上课的过程中，她是最认真听课的学生之一，她返回中国大陆后还记得将作品传给我看。

我的爸妈来自福建西部的客家山城。妈妈从很小便是虔诚的佛教徒，爸爸是个只相信自己，只膜拜自己祖先的异教徒。由于爸爸的强势作风，妈妈也只能在她自己的生活小范围内进行个人的信仰，包括每个月定时吃素，但很少去庙里进香拜佛。和许多闽南人固定的宗教习俗比起来，我们活在没有什么传统信仰的气氛里。爸爸凡事都抱着怀疑的态度，从来不相信算命，他认为那只是一种心理治疗；他做任何事情都不挑什么良辰吉日，认定命运是靠自己创造的。

他也从没认命过，强调自己这辈子都在和老天爷搏斗，时时刻刻都活在不安和焦虑中。基本上，他不相信天命，也不相信人性。虽然他活得很积极，工作也很认真，但他的出发点好像不是对人世间的爱，而是恐惧，甚至是恨。所以当他闭上眼睛那一刻，我对他说的话是：这世界上还是有很多人疼爱他、关心他，当他摔倒在路边时，还是两个路人将他抬回家的。

我告诉他，要他相信，其实他是活在一个有爱的世界里。

在一次老朋友的聚餐中，当大伙都喝得有几分醉意时，我忽然对这几个老朋友提出了从来不曾问过的问题：“你的人生活到此刻，朋友，你还相信什么？”

一个在生意上很成功的商人，毫不犹豫地回答：“我相信朋友。只要是在我的能力范围内，朋友开口向我借钱，我会捧着现金送过去。许多朋友没有能力还我，我就算了。基本上，我对友情这东西从来没有失望和幻灭过，我靠着这个信念闯荡江湖，也因此得到不少贵人相助。”

另一个也是事业有成的朋友大声回应说：“我最相信亲情。从小我就相信妈妈的爱，才能够离开穷乡到大都市打拼，只要妈妈还在家乡，我就觉得安全踏实。可是当我妈妈走了之后，我就再也提不起劲做任何事情了。”他说着说着，竟然哽咽了。

这时他们反问我说：“那你呢？你相信什么？”

我笑着说：“基本上，我对人是不怀疑的，不论亲疏，一律坦诚相待。或许，这也是我的致命弱点。可是最弱的地方，往往也是最强的地方，我必须这样相信，才能活得快乐，活得潇洒，我从来不疑神疑鬼地活着。”

我的目的地到了。就在我站起身来的那一瞬间，赫然发现坐在我身边的年轻女子其实是怀了身孕的。或许，她默默念着“阿弥陀佛”是要安顿自己的身心；或许，她是想借此让尚未出世的孩子得到平安；也或许，她是盼望这个小生命未来是能“相信”什么的人吧？

下车那一刻，我忽然好感动，因为我的女儿和儿媳妇也正各自养育着一个小生命。我希望这两个小生命将来都是能相信什么的人，唯有借着相信什么，才能继续开展未来的人生。

儿子一直到小学四五年级时还相信这个世界上是真的有圣诞老人的，不然怎么有人那么了解他今年想要的礼物是什么？不然怎么会在清晨醒来接到一封圣诞老人亲笔写的英文信呢？当老师试着询问全班同学说，现在还有谁相信圣诞老人是真的，只有儿子举手，全班同学发出狂笑。

儿子满脸羞愧地回家质问我，我说，因为你比其他同学幸福。只有你还相信有圣诞老人。

我没有说出口的话是，我会当你一辈子的圣诞老人啊，儿子。

美国梦

“骏马”这两字的意义好像不单单指的是动物本身的美丽，还必须有一大片的草原让它们恣意奔驰，那才能呈现出它们全部的美。

——吴定谦《66 号公路》

我坐在从内湖开往木栅的公交车上，读着随身带着的散文。结束了一场电视访问，脸上厚厚的妆才刚用临时买来的深层卸妆棉胡乱擦拭几把，我想我看起来应该相当疲倦而狼狈。打开手机，上面有十几通未接电话。我犹豫了一下，按下其中一通。

在公交车磨着轨道的嘈杂声中传来年轻的声音：“我的书热腾腾地出炉了，我怎么送给你？”

“就寄到我家吧，我给你地址。”我的声音没有太亢奋。

“我想要当面送给你！”听得出来那口气中有第一次出书的兴奋，我不忍扫他兴，就随口说了公交车站旁边那家麦当劳的二楼。我到达麦当劳时先点了一份儿童餐，对方问我要什么玩具，她说超人好不好，我说好。

上了二楼时，他已经大大咧咧地坐在楼梯口的小桌子前面。他一直给我这种大大咧咧的感觉，虽然我也见过他还是婴儿时的模样，也见过他蹲在地上玩乐高的专心，也见过他学游泳时的紧张，也见过他和我的儿子一起搭着飞行伞在海滩升空的欢乐，但是有一天，像是吹了气球似的，忽然整个人就变成好大好大的一只了。

他送给我两本《66号公路》，其中一本写了占满一整页金色的字，因为字写得很大，所以字数并不多，最后一句是："还有无可取代的感动。"

我翻阅着这本被刻意编成不留天地的厚书，看着那些密密麻麻的文字和图片，仿佛看到自己在高中时代常常去美国新闻处的图书室，借阅《今日世界》杂志和美国文学、美术和科学的书籍，窥看着另一个丰饶富足的世界。从小去教堂排队领取美国人写满英文字的旧圣诞卡，圣诞卡上撒满金粉银粉的温馨屋子和在雪地中载满礼物的麋鹿，就是我们心目中的天堂——遍地都是金银可捡拾的美利坚合众国！

在那个物质和精神皆匮乏的年代，读到大学后的下一个人生目标就是考托福和GRE，申请美国的研究所，运气好一点的还可以拿到奖学金，用美国人给的钱去美国留学。我也曾经是这样的幸运儿之一，拿到助教奖学金去一所名声不错的大学当研究生兼助教，只不过我在三十岁之前，这个美国梦就碎了，我决定重返台湾，一切重新开始。我还写了一首歌纪念自己的决定，歌名叫作"摆荡"。

坐在我前面这个大大咧咧的年轻人，也是在三十岁之前，想完成一个去美国壮游的计划，他决定走一趟66号公路，沿途走访他那些已经移民到美国的亲戚们和他们的下一代。他很想了解上一代人的“美国梦”到底是怎么一回事，也借着这样一趟壮游，重新审视他在这世上活了快三十年的生命到底是什么。

从和他有血缘关系的亲戚身上，他最想看清楚的还是他自己。出发前，他写了一封遗书，感觉上是向三十岁之前的自己告别，但是也不无“万一发生意外”时，向这世上的亲人朋友们告别的意味。这信写得颇有点他老爸的文字风格：“就算不再回来、不再相见，我们仍然没有失去什么，因为我们之间的感情，早已在这三十年中牢牢捆绑，不会消失。好好保重自己，我先出发。——满溢的爱，定谦”这种口气像是某些不幸的年代，一些将要为理想付出生命的烈士口吻。幸福如定谦，因为自身的青春热血，或许很想要有那种“就是会怎样”，也要出发走这一趟的豪情壮志吧。

我问他要不要吃我点的儿童餐里的汉堡，他摇摇头。他说小时候只爱吃汉堡和可乐，阿公就笑这个孙子说不定是哪个美国大兵转世投胎。“那吃点芭乐吧？”我问。于是我们俩就分吃着那一小包的芭乐块。

我们聊着未来，聊着传承，聊着生活。他说走过这一趟后，最大的改变就是以后想要做什么就勇敢去做，就像驾着车子往看不到尽头的远方勇敢冲去。因为只有前进，才能找到人生的答案。

分手时，我犹豫了一下，很想把手上的玩具小超人送给他，就像他小时候那样。可是看着他那张成熟的脸和大大咧咧的身躯，我怕被他拒绝，于是将玩具小超人放进自己的背袋里。深夜，我玩着玩具小超人。从玩具小超人的披风后面按个钮，小超人就会重复地举起双手，好像他真的可以拯救全世界，就像美国一样。

人生偶尔或有摆荡、犹豫的时候，但是年轻如你，如你们，除了勇敢前进，还有什么好害怕的呢？或许你要的答案就在不远的前方。

长得丑，是爸妈的错？

正逢放学时间，公交车上整个车厢像是关了一群麻雀的鸟笼，叽叽喳喳、叽里呱啦，其他稍稍年长的人不是当低头族，便是点头族，谁在乎麻雀在吵什么。

麻雀就是麻雀，能吵出什么大道理来？大人会摇头叹息，现在的年轻人都很肤浅，每天除了跟着流行谈食衣住行那些“表面”的东西，还能谈出什么人生大道理来。但我是一只长耳朵的兔子，正聚精会神地接收着麻雀的话语，因为真理往往藏在孩子们不经意说出来的话语中，长大后变世故了，说出来的可都是假话。

两个初中女生谈着最流行的美容和整形，说着一些韩国女明星的鼻子、面颊和下巴。其中一个女生大声说她的父母支持她去整形，因为“长得丑是爸妈的错”，他们同意要“赔偿”。另外一个女生也跟着附和：“本来就是嘛，怎样的人生怎样的孩子，长得丑当然要怪父母，是他们对不起我们，所以应该出钱让我们去美容。”

我差点扑哧一声笑出来，忍不住偷偷瞄了这两个小女生一眼，其实她们说不上很美，但是也不能说丑。我最害怕在电视上看到那些已经七老八十的名人，把自己的脸整形成像同一个模子做出来的塑胶洋娃娃，真的像是丑字旁边的那个字——鬼。挺吓人的，那才真叫作丑，那才是对不起生下她们的父母，明明都是美丽的脸蛋，偏偏要去弄成硬硬的塑胶模子脸。

充满青春气息的孩子们怎么会丑？

两个穿着名校制服的高中生谈的仍然是外表。一个造型比较时髦、身材较高的男生，对着黑瘦、个子矮他一截的同学提出建议，大意是责怪他头发没有造型，鞋子也太普通、缺乏特色，如果能找人将他的头发重新设计一下，换双酷一点的鞋子："从头到脚保证焕然一新！"

黑瘦矮个子说他这次回南部，爸爸有折价券，在福利社可以买到很便宜的球鞋，高个子摇晃着头说不行，这样永远无法改变。高个子慷慨地说，如果你舍不得买，我送你一双，因为是好朋友才为你好。矮个子有点为难，终于挑战高个子说："你谈的全是外表和物质，为何不在乎内在？不在乎精神层面呢？"不愧是名校学生，终于有了辩论。

高个子也有一套说法，他说人的内在要靠自己，别人帮不上忙，所以别人只能从你的外在改造起。矮个子不再争辩，只说他在用家里的钱，不想花太多。高个子有点生气，说他是为了对方好，不然才懒得说。车子到了站，高个子下车，一场关于外在和内在的论战平息。

长耳朵兔子却始终记得这两组学生的对话。其实每个人的外在，包括表现出来的谈吐和气质，包括所有的肢体语言和习惯性小动作，都是因为内在的养成和内心的投射。外在的打扮和穿着，更能透露出这个人对自己的态度和看法，甚至于人生观。所以内在和外在根本是同一件事。一个在乎自己、爱自己的人，一定会在乎外表的，但是“在乎外表”并不意味着一定要穿金戴银、锦衣华服，甚至于去整形，那反而被人一眼看穿此人内在的空虚和缺乏自信，美容整形更是彻底否定原本最自然的自己。（当然这不包括先天的缺陷和后天的伤害。）

从前读医科的学生，成绩越好的才能进入难度越高的科别，像是要动手术的心脏科，或是其他内外科，皮肤科算是比较简单的。现在读医科最好的选择竟然是皮肤科，因为整形美容当道。

这个世界怎么颠倒过来了？我们人类到底怎么了？受到外在大环境铺天盖地的影响，人，越来越不相信自己了；人，也越来越无法泰然自若地活于天地间了。这，怎么是好呢？

没有贵族，何来贵族学校

台湾有贵族学校吗？我并不清楚。或许是因为我从小耳濡目染的世界，全是底层穷苦的小老百姓吧。

虽然我的大舅曾经说，我妈妈的家族在福建西部连城是个很受尊敬的家族，长辈中还有人当选过当时的国会议员，但是经过战乱后，全都成了难民。小时候，听到别人说要“回家”时，都以为他们指的“家”是台湾，后来才知道他们指的是海峡对岸，或是遥远的美国。原来那个时代有许多人千方百计地要去美国淘金，许多人都有美国梦。我从小没有过美国梦，对美国也没有太多的向往和幻想。至于对岸的“祖国”，都是从历史和地理课本上学到的。

我童年的家位于植物园和平西路的侧门，小学的学区是路途遥远的万华区双园小学。同一个村子里有很多父母亲都将户籍迁到隔壁亲朋好友家，让自己的孩子去读离家很近的另一所口碑比较好的语文实验小学，理由是学生平均素质高，升学率也高。人家孟母都知道三迁，我爸妈连迁个户口都不愿意。于是我们家五个小孩就老远巴巴地，每天走上半小时，去到当时最没有升学竞争力的双园小学。爸爸的理由很简单："是龙是凤，是牛是猪，都是天生的，将来就要靠自己力争上游。穷家孩子和穷家孩子玩在一起，才不会自卑。去到贵族学校，只会更自卑，只会学到奢华。"

我们去到万华南边的双园小学，第一个要克服的难题，竟然是学习闽南语,因为有些老师用国语上课有百分之九十九的同学都听不懂，只好先用闽南语教学。我在那所小学玩了六年，听说要从读半天变成读全天时，我还难过地哭了起来。

我爸妈似乎预见到台湾有一天会本土化，所以让孩子早一点接触这个多元的社会。我们家前四个小孩都是生活在要联考才能念初中的年代，结果四个小孩都很幸运考上了前面志愿的初中。从此，在求学的路途上都是读公立学校，还得用功读书才能争取到清寒奖学金，以减轻父母亲的负担。

可是我的舅妈对教育儿女却有不同的见解，她让我的表弟表妹们从小读最贵的私立小学，让他们学钢琴、跳芭蕾舞。舅妈鼓励三个女儿都去美国求学和工作，她们也各自在美国成家立业，有了很优秀的下一代。

最近我去了一趟美国，特别去和住在休斯敦附近的表妹、表妹夫碰面，一起吃了顿饭。表妹夫是个脚踏实地、喜爱园艺的男人，晚餐时，他的话题一直围绕着他的教育观，说他们夫妻努力打拼赚钱，就是要让孩子去读附近最好的私立学校，学习的进度超前一般的公立学校一年。我没有接下这个话题，因为我延续了父母亲的观念，从不考虑让孩子去读别人口中的"贵族学校"。

我发现自己就是因为读了双园小学，对弱势的家庭有了强烈的同理心。我希望自己的孩子也能在一个最多元、自然的环境中长大，不要有高人一等的优越感。我担心送孩子去了贵族学校后，有了阶级意识和分别心，反而提早让自己人生未来的选择变得狭隘。我希望我的孩子们能拥有一颗高贵的心，而不是华而不实的虚浮外表。完整的人，或是完整的人生，不就是如此吗？面对许多真实，甚至于很残酷的世界，体验着各种不同的人生，慢慢建立起自己的世界观。过度被保护的孩子，是永远长不大的。

有一天，我去台南的台湾历史博物馆参观，博物馆里展览的全都是台湾人历经不同统治者的庶民生活。在台湾历史博物馆中找不到什么王公贵族的身影，更没有像台北“故宫博物院”留下历朝历代皇族的贵重物品。每个统治者来来去去，整个台湾历史都是原住民和不同时期来到台湾的移民们的生活、信仰、文化，一点一滴慢慢累积堆砌起来的。台湾社会是一个新兴的移民社会，没有贵族和平民之分。到了近代，台湾因为中产阶级的兴起，将台湾推向了一个更民主和自由的公民社会。

一个没有贵族阶级的社会，何来贵族学校呢？所以，任何学校都无法通过教育教出贵族来。在台湾的社会里，只要有消费能力的人都能够享受像“贵族”一般的食衣住行。但是，有高消费能力的人再怎么会花钱，也无法让自己成为一个真正有高品位的贵族。

台湾社会真正的危机是在一次又一次的政权更迭中，通过了政商之间的共犯勾结结构，让少数人不当地拥有了过多的土地和各种特权，使得贫富的差距不断地扩大，另一种不平等和不公义的环境已然形成，这将会是台湾社会未来最难跨越的困境，新一波的公民运动也正是在如此恶劣的氛围中形成了大气候。

虽然人人都向往当个高人一等的贵族，但是我们要相信，一个真正的公民社会的到来，才是我们台湾的福气。我们的学校要教育孩子成为一个有教养、有公民意识、关怀社会的公民，我们的社会不需要学校培养如暴发户般的假贵族。

是奇才还是傻瓜？

爸爸是个很喜欢劳动的艺术家，他除了常常拿笔画图，也爱使用各种的劳动工具。

童年住的大杂院有一条共用的水沟，那是一个日日夜夜接收十户人家排放废弃物的地方，凡是水沟经过有水泥覆盖的地方，因为不好清理，常常堵塞发臭，爸爸定时就会带着我们几个小孩子去清理。有一次，发现了一只死老鼠被堵在水沟深处，爸爸就说："你们谁敢去抓出来，谁长大就会有出息。因为连死老鼠都敢抓了，就表示将来具有不怕脏不怕苦的精神。"为了表示自己的勇敢，也为了讨好爸爸，我当下毫不犹豫地趴在水沟旁，把手伸进去，将那只很大的死老鼠拉出来。从此，爸爸逢人就爱炫耀我敢抓死老鼠的"英勇事迹"。

我的初中导师金远胜先生是一个好强好胜、自律甚严的人，他对我们的要求不仅仅是学业成绩，也严格要求我们的生活习惯。他要我们在整洁、秩序比赛中都要拿第一。他有一套打扫教室和照顾花圃的方法，教我们要如何扫地、如何擦玻璃、如何浇花，连垃圾桶要如何摆放，都有一套“标准流程”。

我当了两年班长，替他执行这些任务，我的表现甚至超过他的期待。我带领同班同学去学校附近南机场挖草皮，移植到我们教室外面的花圃，推动了绿化校园运动，为此，连校长都当众表扬我一番。金老师赞美我说：“孩子，你真是一个奇才啊！善用你的这种能力，一辈子受用不尽。”当时我的学业成绩退步很多，爸爸非常怨金老师，他说我是个被老师利用的大傻瓜，不是奇才。我为此还和爸爸吵了一架，因为他总是否定我的一切。

女儿从上小学不敢上公共厕所，到成为班上的卫生股长，从此便走上了每天都要带队去扫学校的公共厕所之路。因为学区的原因，她去读一所明星初中，继续当卫生股长，继续扫着更大的公共厕所。这所明星初中有一半以上的学生是越区就读，家长大多非常重视升学，甚至还有送藤条给老师要求体罚的疯狂家长。相形之下，我们这种原来就住在附近，偶尔提出全班去旅行的想法的家长，还会背负着影响其他同学拼联考的罪名。到了最后关头，天天都要留下来夜读后，女儿竟然每天晚上将班上所有吃完的便当盒带回家，她说学校没有做垃圾分类，也没人在乎环保。她的行为在别人眼中是神经病。

我看在眼里，除了心疼外，还真想抱着女儿说：“你怎么和我一样傻？”

有一天，我收到一封初中同班同学来信，他说，他意外地从一个档案中找到了我们导师金远胜先生的联络方式，想约几个初中同学和老师相聚。在那次小型聚会来的同学中，有“部长”级的、有交通运输大亨级的。发出这份动员令的同学摸着他常常被媒体报道的招牌八字胡，对金老师说："其实我的公司经营和治理都是向老师学来的，如何浇花、如何整理环境，连垃圾桶放的位子都要严格要求。哈，很有用的。"

原来符合金老师所说"善用这种能力，一辈子受用不尽"的人不是我，而是高科技界的成功典范杜书伍。不过后来我大学读了生物系，去医学院教书做研究时果真杀了不少白老鼠，这点倒是和爸爸赞美我的"敢抓死老鼠"扯上点关系。

我到底是个不世出的奇才，还是稀有的大傻瓜呢？到了这般年纪会觉得一点也不重要了。奇才或是傻瓜，都是通过别人的眼光和价值判断决定的。我相信自己是一个很特立独行的人，一再努力摆脱世俗的价值和眼光，找出自己的价值和志业来。

生命中不能承受的看轻

妈妈生前曾经重复对着我说她的人生态度，那就是不要轻易看轻别人。她说，因为看轻别人，也就等于是看轻自己；一个自爱自重的人，是不会带着太多偏见和成见，随便看不起别人的。

在我记忆中，妈妈很少抱怨某人，或对某人表达不满。当有人正骂着某人时，她也只是淡淡地丢出一句话说："也许，人家也有难处啊？"或是："也许，事情不是像你说的这样啊。"

但是妈妈也不容许别人看轻她。如果有人看轻她，她会喃喃自语说："真是狗眼看人低！"所以她把看不起她的人都当成"狗"。她对她的孩子们说："我们要当人，不要当狗。狗都是看到人的脚，就以为那是人的全部。"

妈妈出生在一个望族，我的大伯公是清朝末代的举人和民国的国会议员，我的外公是铁路局的站长，家族在闽西的家乡是最有声望的。妈妈八岁那年，共产党来到闽西和江西边界，建立了中华苏维埃共和国政权，她的家族遭到清算斗争，于是全家人展开漫长的逃亡之路。

她曾经为了去找爸爸，一个人跟着卖盐的贩子穿过封锁线，往山区的坟场逃，十一岁的她沿途乞讨，饱尝了人间的苦难。

后来，她又为了逃避家人的逼婚，单枪匹马来到闽南工作。在学会讲流利的闽南语之后，她带着弟弟渡海来到战后百废待举的台湾，开启新的人生。或许这正是让她的人生态度保持开放、豁达、乐观、积极，对天地万事万物皆感恩的原因之一吧。

小时候我们家很穷，记忆中，爸妈都是挑灯夜战、不眠不休地接各种工作，但还是到处借钱，买东西也得先赊账。我是家中的长子，借钱赊账的事都由我来担，那时候大部分的家庭都不宽裕，所以彼此还算有同理心。我每天替爸爸赊账买两包新乐园香烟时，卖香烟的山东籍爷爷还会塞一些糖果给我；我拿着爸爸写好的信去找邻居伯伯借钱时，邻居伯伯也都笑脸相迎，不让小孩子难堪。

我们家经常有单身的同乡朋友来吃晚餐，好客慷慨但不善于厨艺的妈妈就会花掉一周的菜钱，去切一些鸡肉、牛肉招待客人。爸妈还会时常提醒我们要对客人有礼貌，不能用轻蔑的眼神看客人。这些亲朋好友中，有的是打过游击战的军人，有的是学校的工友，有的是靠开赌场维持生活的人，也有后来扬名国际的大艺术家。这样的家庭教育养成我待人处世的一种奇特风格。我不轻易看轻社会上的弱势者，也不会高高在上地批评、谩骂犯错的同事，我尊重和我一起共事的人。可是我对于那些有权有势的人，却有一种敬而远之的心态；必要时，还会全力地反抗他们。同样地，我和我妈妈一样，也最怕被别人看轻。被别人看轻往往会成为我更加拼命想要成功，有点像要复仇的黑暗驱动力。

从大学时代一脚踏进文坛，因为缺乏名气、找不到出版社愿意出版我的小说集开始，我就学会了如何委屈、压抑自我。我先找到一个小小的打字行让这本书能有出版机会，我宁愿接受对方用最简陋的方式出版我的第一本书，甚至在印量上欺骗我，我都能咬紧牙关忍耐。我的人生态度是，为了先证明自己的实力，可以忍受一些不合理的条件。后来我遇到的人生境遇，也大致是如此，迎接我的，都是一个个很没指望、破坏殆尽的烂环境。我都默默承受，静静等待一线生机。一旦时机成熟，我会全力改变黑暗的环境，让光明出现。

我相信一个残酷的事实，那就是不会有一个为你打造好的完美环境，等着你来发挥所长，施展你的抱负。如何在一个不利于你的环境下工作，慢慢找到能证明自己实力和优点的方法，你的人生才会有很踏实的成就感。

不要成为一只常常“狗眼看人低”的狗，但要让自己成为一个“不被人看轻”的人。

辑　三

世界虽然残酷，我们还是能拥有自己的梦想蓝图

李中曾在一张父亲节卡片上写给我的句子："总不能老叫我盯着你的背吧？"

每个时代都有它不同的可能和美好，能够在极有限的资源和不利的环境中找到突围的方法才是重要的。能够承受住许许多多的挫败，让自己继续累积能量才是重要的。

年轻无惧

写给曾经受挫却仍怀有梦想热情的你

青年的四个大梦想

谈到梦想，或许你会浇我一盆冷水说："算了吧，还是实际点，连生存都那么困难了，还谈什么热情和梦想？"这些话听起来非常熟悉，小时候我们也常被这样耳提面命：现实是如此的残酷，你少做梦了。好像内心真正的渴望和理想，只能在梦中出现。

过去曾有一本非常畅销的书叫作《青年的四个大梦想》，作者是吴静吉，我们习惯称他为吴博士。他采用心理学家李维逊人生的春夏秋冬四季结构，发现年轻人普遍都会有的那种不断"自我追寻"的四个梦想，这样的梦想会影响人的一生。这四个大梦想是"人生价值""良师益友""终身志业""爱的寻求"。

时隔多年后，吴博士谈到如果重新写这本书，他会做一些修正，因为现在年轻人所面对的多元价值和多元文化的社会早已不同于以往，借由网络社群的交往，许多益友反而成了良师，爱的追寻也不再那么单纯了。

到底人的一生要实践自己的梦想是不是很容易呢？我想从我和儿子李中一起拍摄纪录片《兰陵剧坊》的过程说起吧。

在筹备拍摄《兰陵剧坊》纪录片之前，我和李中最先去拜会的就是吴静吉博士。他用他一贯谦逊而低调的态度说：“‘兰陵剧坊’的主角应该是金士杰，还有卓明他们几个人，我只是被他们找去带领了一些课程。从头到尾，我也没有当过编导，也没有演出过。”我多少了解这位前辈，如果他不是那种有理想又有远见的“闷骚型”人物，当年也不会用傻子般的热情付出。

他说，他原本是出生在宜兰很害羞的孩子，他常常望着大海，想象着外面的世界，于是决定留学去看看世界到底有多大。学成归来后，只要是在人多的公共场合，如果有摄影机或是照相机什么的，他就会转过身子背对着镜头。他说，因为他是一个很怕死、又怕事、更怕痛的人，所以当不成什么英雄烈士，更别说革命党了。

不过，也正好有像他这样一个顶着留美博士头衔，在政大教书，又写过《青年的四个大梦想》的教授作家作为“人质”，让兰陵这群年轻人躲过了戒严时期和白色恐怖阴影下一些不必要的麻烦。但许多事情的发生，和当时负责把关、审查的机关里出现了一些开明派有关，像后来也成为我主管的赵琦彬先生就是这种人物。他允许兰陵剧坊这样大胆地玩下去，终于玩出了气候。

失控的时代，失控的人

那个时代希望台湾社会能解除戒严的声音越来越强烈，所以当吴博士刚学成归来时就发现，有许多年轻人对于本土文化自觉和反省的声浪越来越大。随着当时在政治上的党外活动的热络，一种想要把原本约束的力量解放的声音正在集结着，戏剧表演也试图从传统那种“安全保守”的话剧剧场拉扯出来。

兰陵在当时只能算是个实验剧场，它想做的只是不断尝试台湾人没看过的戏剧。虽然戒严本身和兰陵没有直接的关系，但是兰陵剧坊和云门舞集，还有台湾新电影运动，都是在那样紧绷的政治和社会氛围下诞生的。那正是当时的文艺青年们的大梦，一个借由各种艺术运动来翻转整个时代思想的伟大梦想。

一群失控的人，在渐渐失控的时代里忍受着屈辱和威胁，翻转着原本难以撼动的主流艺术思想，勇往直前，浪涛汹涌，如同一场革命。

梦想起飞前的自我解放

我们很容易被外在的残酷现实所捆绑，也很容易被自己内心的恐惧和自卑囚禁，我们不相信自己是可以有梦想的，我们还没有尝试就觉得自己的梦想是飞不起来的。

吴静吉博士在鼓舞兰陵剧坊的团员踏出自我解放的道路时，强调要使每个人都有创作的热忱、能力与成就，还有每一次演出都要是集体创作的成品。

为了激发个人与集体的创作能力，他们平时的训练，包括“猫的演练”“声音与动作的整合”“联想与意象的传达”“感官与知觉的体察”“动物的模拟”等。另外一层的训练，是涉及心理学的活动，像信任感的培养、脑力相互激荡、想象力的自由发挥和即兴说故事等。

吴博士这套戏剧的初步实验，可以解释成对任何一个想追求梦想的人的“民权初步”。借由这些训练，人们不被外在那些约定俗成的僵化制度给规范，也不被自身内在的任何主义和意识形态所捆绑，他们找到全新的自己，彻底解放了自己。当人自我解放成功之后，对于人生价值的思考、终身志业的选择，对于爱的追寻，还有和别人相处时的泰然自若，都有莫大的帮助，可以朝着梦想世界飞过去。

同样的梦想也发生在“台湾新电影运动”上。新一代的导演们如侯孝贤、杨德昌、柯一正、万仁、张毅、曾壮祥等，厌倦了过去传统电影里的演员表演方式，包括不自然的配音和夸张的表演，还有电影题材本身对当时社会甚至历史文化的隔绝和冷漠，最重要的是，过去传统电影的整体美学和语言都不够讲究细致。

这也是为什么后来居上的新导演们，很喜欢和来自兰陵剧坊的演员合作的原因了。从《光阴的故事》里的李国修和李立群，到《恐怖分子》里的金士杰、顾宝明、李立群，双方人马一拍即合。就算是用了素人演员或原本的明星级演员，新导演们也会增加一个由兰陵剧坊代为主导的演员训练课程，吴博士那一套解放肢体和内心的“民权初步”就都会用上了。

纸风车转啊转

在还没有正式访问金士杰、卓明、李国修、刘若瑀、马丁尼这些最早的兰陵剧坊主要团员前，我们预先访问了当时正忙着进行“三一九乡村儿童艺术工程”的纸风车文教基金会执行长李永丰，这个从头到尾都是“失控”的典型人物。

李永丰很哀怨地说，当年金士杰是不要他的，说他的身体太硬；对当时的他来说，不能在兰陵演戏，是他除了大学考不上之外的人生第一大挫折。但他还是一直去参加兰陵的各种活动，每天等着电话，希望兰陵有人会打电话找他，给他机会。他就一直黏着吴静吉博士，有任何场合他死都要跟着去，最后他终于捞到《悬丝人》的排演助理。当时他没有什么目的性，只因为兰陵所代表的世界让他太好奇了。

兰陵刚成立的那一年，李永丰去南昌路的剧场排练，当时有一个女团员叫鱿鱼，和他做“肢体训练”，那是他这辈子第一次被异性触摸，在那个时候他是非常震惊的。十八岁的李永丰被一个漂亮的女生摸身体，是来自嘉义布袋的乡下小孩子从来没有过的经验，他永远记得那一刻的感受。到后来他们练习各种身体动作时，对十八岁的他来说，更是结合了强烈生理和心理反应，他也发现，原来人的身体是可以用来创作各种不同意义和符号的。所以当时他被强烈的好奇心驱使，想尽各种方法留在兰陵，甚至于坚持要做一辈子和剧场有关的工作。

为了走一条最适合自己天赋和能力的路，寻找不同于别人的“人生价值”，李永丰接受吴静吉博士的意见，创立了纸风车文教基金会，从当时最没有市场可能的儿童剧团做起。

李永丰给人的印象是脏话不离口、永远装疯卖傻，甚至于是没有清醒的时候。但他是一个非常清楚知道自己会做什么、能做什么、要做什么的人，他更深谙“良师益友”对事业的重要性，他紧紧黏住吴静吉博士，邀请他担任整个基金会的掌门人，就像当年十八岁的时候一样，黏着吴博士不放就对了。

他也推举柯一正导演成为纸风车文教基金会的董事长，将当年台湾新电影运动的长辈们如吴念真等人，一一邀请来成为基金会的重要支持力量。他是一个将“良师益友”这个观念执行最彻底的聪明人，也因此完成了个人的“终身志业”，成就许多不可能的任务。

二〇〇六年，他和一群志同道合的中年朋友们发起“三一九乡村儿童艺术工程”的活动，花了五年的时间，走遍全台湾包括所有离岛的三一九个乡镇，实现了这个令许多人动容的梦想。这个梦想的实现，更是动员整个社会许许多多的“良师益友们”。

在完成这个梦想一年后，因为许多小朋友的呼唤，现在又开始了未来七年的“三六八乡镇市区儿童艺术工程”，踏上更艰难的圆梦之旅。在这个圆梦的浩大工程中，看似粗鲁野蛮的李永丰，其实有一颗细腻的心，他召唤出来的是一股“寻求爱”的巨大能量，要大家爱我们自己的孩子，要大家爱我们自己的家乡，要大家用行动证明自己是有能力爱的人。

“兰陵人”有一种非常特别的能力和意志力，他们总是能用一种不同于原来传统的经营或是创作方式，走出另类的康庄大道。像是李国修的“屏风剧团”，或是刘若瑀的“优人神鼓”等等，都能在台湾的戏剧界开创一种大格局，引领风骚。他们在后来的人生过程中，完成了当年吴静吉博士所提出的“青年的四个大梦想”。

总不能老叫我盯着你的背吧

兰陵剧坊成立的那一年（一九七九），李中正好出生，他对于兰陵剧坊一无所知。或许也因为这种陌生，反而能用和我完全不同的角度去回顾整件事情。

我和他谈到 20 世纪 80 年代的狂飙运动，谈到兰陵之前的民歌时代和云门舞集，还有之后的台湾新电影运动，我特别强调兰陵剧坊和新电影的关系。李中最感兴奋的反而是：在那样一个强调经济发展，强调积极竞争的年代，有一群年轻人反其道而行之，聚合在一起，像在人民公社般地生活着，一起看欧美的经典电影，对周遭发生的一切感到不耐烦。

李中想探索这些男男女女之间的分分合合、爱恨情仇，想从访问中去挖掘到什么。“喜欢戏剧的人本身也都充满戏剧性的，能掌握到这个就对了。”李中对我说，“从平凡人的角度来看平凡人的梦想，这才是我想要的。”

纪录片的拍摄过程对我而言，像是去探访多年不见的老友们，每当对方亲切地招待我们吃饭喝茶时，李中就很不自在，他说我们应该吃便当的，因为这是工作。我在拍摄现场也会有一些想法，忍不住会对李中指指点点的。李中表面上都会点头说好，去拍几个镜头，后来他干脆不发通告给我了，他让自己成了摆脱爸爸的失控者。

整个纪录片的拍摄和后制的过程，整整跨过了三个年头，原本在纽约和台北两地奔波的李中，终于决定从纽约搬回来，将工作的重心放回台北。我并不确定他是不是受到了某种感召。

我曾经鼓励一个在美国拿到博士学位、回到台湾的年轻学者说："忘记你花了很长的时间在美国拿到的名校学位，忘记你读过的书，回到家乡，你可以从最底层的工作开始做。做什么都可以，家乡本身能教会你很多事情。"我用同样的话告诉李中。

我想起李中曾经在一张父亲节卡片上写给我的句子："总不能老叫我盯着你的背吧？"当年的兰陵，或是其他的文化运动，云门舞集、台湾新电影，或许也就是在这样的心情下，离开了挡住他们视线的前辈们，让自己的视野大开，走出自己的一片天。

上一代的人不应该挡住年轻人的视线，阻挡他们前进的路线，甚至把他们当成工具来利用！上一代的人要让年轻人站在他们的肩膀上，让他们能看得更高更远。

许多年轻人面对台湾目前这样的经济和政治环境，会无力、无奈，甚至无感。就像许多年前，女儿李亚曾经发表过一篇《鲁克温世代》（Lukewarm Generation），写出七年级生的愤怒："往前走吧，我们只是因为善良，所以不忍心用力一推……这不代表我们不想长大。所以嘿，这个队排得够臭够长了，可以轮下一位了吗？"

我曾经对许多年轻人说，整个时代不会因为年轻人的无力、无奈、无感，甚至愤怒而有所改变，台湾也不会重新回到昔日经济起飞、政治大翻转的“美好时光”，但是每个时代都有它不同的可能和美好，能够在极有限的资源和不利的环境中找到突围的方法才是重要的。能够承受住许许多多的挫败，让自己继续累积能量才是重要的。

我对年轻人说，不管你的梦想是大是小，不管你想做什么在别人眼中并不起眼的东西，就是不要太犹豫、太退缩、怕失败，先上路再说吧！你的优势就是还有足够的时间可以经历许多次的失败。就算你无法改变这个时代，但至少你可以先改变自己啊！

无所畏惧的年轻人，勇敢做属于你自己的大梦吧！哪怕那个梦很渺小、很遥远，就是不要让你的梦想被摧毁、被扭曲。至少对我而言，如果人生没有梦想，是根本不值得走这一趟挺辛苦而烦恼不断的人生旅程的。

一九九〇年冬天的一场会面

在一场公开的聊天会上，李安提到当时他受“中影”邀约拍摄第一部长片《推手》时的犹豫和恐惧。他说还好是我和一些朋友们用力“推”了他一把，从此开启他个人二十年充满传奇色彩的电影事业。

他做了一个手势说：“这一推，将我的人生推了上去，也好像推下了火坑。”

回想起来，那的确是一次很有趣又重要的会面。尚未拍过一部长片，但是却已经成了“传说中”的大侠的李安，终于要和“传说中”参与台湾新电影运动的几个电影人碰面了，地点就在趋势专家詹宏志的家里。

詹宏志是台湾新电影时期的重要军师，也是一九八七年初《台湾电影宣言》的起草人。他在完成电影宣言之后，干脆跳下火坑，和几位电影人成立“电影合作社”，亲身参与两部非常重要的台湾电影制作：《悲情城市》和《牯岭街少年杀人事件》，将原本已经走下坡路的新电影运动推向另一个高峰。他是在纽约参与美洲《中国时报》草创时结识了李安，于是主动安排这次历史性的会面。

那是一九九〇年年底，一个寒冷的冬夜。整整十年没有回到台湾的李安，在那天夜里一直深锁眉头，和他一起回台湾的共同编剧冯光远因为搭飞机太累，干脆在众人面前猛打瞌睡，展现他个人“给我抱抱”式的幽默。

刚过完三十六岁生日的李安，从纽约大学研究所毕业后，已经窝在家里六年，第二个孩子刚刚出生，他在银行的存折里只剩下四十三块美金，他说，他真的是锐气磨光，感到人生已经山穷水尽了。就在精神和物质皆耗尽时，来自故乡的新闻部门征选剧本比赛公布结果，他的两个电影剧本分别得了第一、第二名，“中影公司”希望他用新台币一千两百万的预算来拍第一名的剧本《推手》。

李安原本想拍第二名的《喜宴》，他说《推手》当初只是写来参加比赛的，并不适合电影市场，何况用新台币一千两百万在美国拍《推手》，可以说是“零”预算。当时李安的经纪公司替他订的拍片底线是美金两百万元，他非常烦恼：到底要不要接下“中影”这个太小的案子？万一失败，十年的苦等和煎熬全都毁于一旦了。

那个晚上，我们在李安面前用一个又一个的笑话欢迎他，从当年“中影”的《国父传》讲起，大伙还轮流扮演蒋公、陈英士，詹宏志、王宣一夫妻笑眯眯地热心招呼大家吃各种食物，没有人认真地和李安谈拍片的事情。一头雾水的李安只能陪着苦笑，冯光远继续在睡梦中听着我们有点放荡的笑声。因为这次聚会前大家早就有了共识，那就是告诉李安：非拍不可，赶快签约！以免夜长梦多，有了变数。

回顾新电影风起云涌的那十年，许多经典的电影预算都只在新台币四百多万到八百多万，我们很习惯没有钱、没有资源。在有限的资源下，反而激发了大伙儿在创作上的灵感，在有限的时间内，一鼓作气拼了小命完成，作品反而有一种原创力和爆发力。一千两百万？可以开工了！这是七嘴八舌后的结论。

第二天李安就回答“中影”说，他愿意拍了。十天后签约，九个月后交片。

后来李安找到了一家强调用两万美元就可以拍片的纽约独立制片“好机器”，对方认为有新台币一千两百万元很够了，但条件是要导演将事前作业，包括分镜表和相关工作分配表都要完成，只能用二十四个工作日拍摄。在如此有限的时间和资源下，导演能做的就是重新检视自己的剧本，做适度修改，重新检视戏剧的元素和电影的本质，思考什么是一定要的，什么是可以割舍的。

李安想用一间屋子的房间格局和设计，来让电影中的角色产生相互的窥探，产生戏剧张力；另外他也要求屋子窗户要够大，许多镜头要从室外拍室内的动静，这就是导演坚持一定要的。

《推手》在一九九一年年底金马奖颁奖的同一天上片，借着男女主角都得奖和口碑很好，台北市的票房冲上新台币一千八百万。李安磨剑十年终于出手，表现果然不俗，他拍出了一部远超过预算格局的电影。这回轮到“中影公司”催促他赶快拍《喜宴》，两年后，李安成为柏林影展金熊奖的得主。二十年后，他拍的新片预算竟然高达新台币三十五亿元，最重要的拍摄场景都在故乡台湾完成，全世界电影人都在看他是否能让投资者回收。

一九九〇年的冬夜，一群才第一次见面的朋友们合力推了李安一把，让李安开始他辉煌的电影事业。虽然当时的一切距离他原本的期望差得很远，但是他也知道自己不能再空耗青春和生命了，再痛苦、再困难，他都得咬牙撑下去。在这之前，曾经有过的挫败和绝望，反而成了他非做下去不可的驱动力；在这之前，曾经讨论过无数次未完成的剧本和企划案，也都增强了他出手时的能量。

或许没有人可以复制李安成功的传奇故事。但是，他的成功却启发了许许多多迟迟不敢出手，或者没机会出手的年轻人——能够承受住许多的挫败，让自己继续累积能量是重要的；能够在极有限的资源下找到突围的方法是重要的。

思考什么是一定要的，什么是可以割舍的；知道自己会做什么、能做什么、要做什么，才是最重要的。

跑马拉松的六年级生

柯瑞今年三十八岁，是六年级的中段班，结了婚，已经有两个可爱的孩子。他在一家半公半私的商业协会上班，成了一个经常要出差工作考察、写报告的半公务员。

这个工作得来不易，两年前有几百个人应考，只能录取一名，他原本是备取，后来临时又有了一个缺，他就被录取了。而后证明他各方面能力都相当好，很快就胜任了这份工作。谈起这个过程，他的妈妈非常满意，因为柯瑞的工作终于有点像他的妈妈了，这是柯瑞的妈妈最期待的事情。

柯瑞的妈妈毕业于台大经济系，跟着当时的留学潮去了美国，拿到硕士学位回到台湾，顺利考上公务员，当了一辈子的高级公务员，经常出差考察、写报告，出差可以坐商务舱、住高级旅馆，还会有余下的钱；她的文笔相当好，写报告还另外有稿费可领。她希望自己的孩子可以和她拥有一样的人生，所以第一步就是要孩子考上经济系，不管是什么学校都好。

“没有比经济系更好的科系了，选择和出路最多。”柯瑞的妈妈会像鹦鹉学舌般，重复着自己的成功人生，于是两个孩子都乖乖地听取了她的意见，大学选读了经济系。

但是柯瑞毕业后并不想走和妈妈一样的道路，他的梦想是经营一家意大利面餐厅，他对于烹饪和生意都很有兴趣。他说，他无法想象一成不变的公务员生活是多么的无趣。对于这个决定，柯瑞的妈妈极力反对，生气地质问柯瑞：“煮面给别人吃，还需要辛苦读大学吗？”柯瑞不顾妈妈的反对，决定直接开餐厅当老板。爸爸反而接受了这个事实，帮忙找资金和做橱柜、打杂。柯瑞为了节省开销，凡事都是自己做，从找房子设计装修，到每天一大早骑着摩托车去市场挑选食材，当厨师兼服务生。

只是，一场莫名的大火将他租来的第一间餐厅烧毁了，她的妈妈劝他就此放手，他不想轻易放弃，重新在繁华的东区另觅新址，加强门面和餐具，加强宣传，还来找我当义务的代言人。为了支持他的梦想，我破例当了他店面的代言人。

我劝柯瑞的妈妈说：“年轻人敢创业，要有一定的冒险精神，反正未来的路很长，你要支持他，就算是失败了，将来再改行也比较心甘情愿。这些亲自动手动脑的经验都很宝贵。如果是我的孩子要开店，我会全力支持，我会觉得他很勇敢。”

柯瑞结了婚，但是餐饮生意一直没有起色，收入也不稳定。他不愿放弃餐饮这条路，收了餐厅，铁了心重新学更专业的烹饪技术。后来他决定出去看看外面的世界，于是去英国读财经方面的学位。在英国的求学过程他很能吃苦，经营餐厅的经验让他比同班同学都更懂得课本上的理论，很快就拿到了硕士学位，回台湾找到了一家外商公司上班，也当了爸爸。

几年后，他所属的部门被整个裁掉，他失业了，于是他开始领取失业补助。这时候，他的第二个孩子又出生了，他的责任和压力越来越大。在苦闷的日子里，他决定去跑马拉松，他告诉自己不能倒下，还有两个孩子要他抚养。最后他去考这家待遇比原来外商公司低的商业协会工作，他真的如妈妈所期待的，当上了半个公务员。

柯瑞的故事反映了一个共同的事实，那就是六年级的孩子们和上一代父母比起来，没有太多物质匮乏的经历，时代也从威权走向民主多元，让他们培养更多的信心和自我，所以他们更讨厌威权和规范，就像柯瑞原本很想创业走自己的路。他们更是第一代的电脑和网络世代，受朋友的影响远远超过父母，人生的价值变得更多元，也更多可能，所以柯瑞不想和父母一样。他们从小能接触到的知识和看世界的角度也比上一代丰富，所以他们比上一代对人生拥有更多的想象力，他们的感觉比上一代更细腻敏锐，他们也比上一代更敢挑战新鲜事物。

柯瑞能在失败后再奋起，也是这个原因。他们真的不比上一代的人笨，但是他们遇到的却是一个当局无能、经济衰退、工作机会不多、薪资越来越低的时代，想要成家立业真的比上一代困难多了。

前阵子，柯瑞刚刚从伊拉克和伊朗考察回来。他现在已经熟悉不同国家的内战和冲突是什么，哪些内战是宗教原因、是可以躲过的，哪些暴动是没有章法的，政府失去控制能力是危险的。柯瑞将继续躲过这些危险，也将继续跑马拉松，他因为跑马拉松瘦了十公斤。他决定继续挑战四十三公里，他说，虽然越来越没有时间练习，但是他一定要跑下去，就像他的人生。

柯瑞真的长大了，虽然他已经三十八岁。因为追求梦想，人生绕了一大圈，但那不是他的错，因为他真真切切地努力过。

年轻人不是用来操的

这些年，我常常接到一些莫名其妙的电话。

一家很著名的电视台传来一个很生嫩的声音，想邀请我接受访问，我问了一些问题对方都说不知道。她解释说："我只是帮忙打电话的。"

"你说不清楚，要我如何答应呢？"

我婉拒了对方的请求，对方还傻傻地追着说："那我等一下去请示上面，再告诉你。"

"什么是上面呢？"

"就是这个案子的承办人呀。"

我猜，这又是一个大公司外围的派遣人力或是工读生。

一家开销很大的公司养了很多正职的员工，一个比一个大牌，一个比一个懒惰。最后在第一线工作的全是这种拿很少酬劳，又没有福利，又没机会升迁，也无法累积年资的派遣人员、临时助理、工读生，或是公务机关的替代役男。正职的承办人员把工作全都推给一问三不知的他们去执行。如果在过去，同样一件事情，不会用如此粗糙的方式进行，把每个人都当成可替代的“物件”来处理。

我一方面很同情这些被派在第一线工作的年轻人被草率地对待，一方面也对这种充满官僚气息和不平等待遇的工作伦理及文化感到愤怒。为了维持起码的尊严，我都不会答应这类邀约，不管那是多么伟大的机构，多么神圣的工作。没有我的参与，每件事情都会完成，但我就是不想浪费时间在这样的工作伦理上。到底问题出在哪里？我想起自己在一家电视公司当经营者的故事。

刚到公司，几乎天天都要处理一些因为公司转型所衍生出来的许多问题。有一天，办公室门口叽叽喳喳来了一群看起来像大学生的女孩子，她们要求当面见我，我请她们坐在我办公室的会议桌前，听着她们的抱怨。

原来她们是隶属于我们公司一个教学频道的工读生，大部分都是来自南部，靠着助学贷款读着北部大学的穷孩子。她们争先恐后地算给我听她们在台北的生活开销，还学贷、交房租、伙食、寄回去的家用。按照公司过去的传统，这些工读生都会成为正式的员工；她们说自己是这个部门里最忙的，却也是待遇最低的。我看着这些大学刚毕业的穷人家孩子，和人事部门商量后，每人加薪两三千元。我无法解决社会大问题，但至少先解决一些自己看到的小问题，虽然这家电视公司已面临亏损极严重的财务状况了。

同一年，女儿拿到意大利米兰工业设计学院的硕士文凭回到台湾，我没有替她打电话拜托朋友找工作，她开始到处求职碰壁的日子。后来她试着不写最高学历，也一再降低对薪资的要求还是没有机会。有一天，她遇到一个过去认识的小男生，两个人聊了起来，才知道目前职场的悲惨状况，比她离开台湾时更糟糕。

小男生学的是广告设计，利用暑假在一家广告公司打工，他在这家公司的工作从美编、排版、修图、修电脑到清洁打扫，是全公司最忙的。他说将来就算是毕了业，起薪也只有一万八。那个小男生原本对美术设计还怀有梦想，却在还没毕业就看到自己的未来。他无奈地说："反正我们很好用，什么都会，又耐劳。我们这些年轻人注定是要劳累到死的！"

四个月后，女儿终于找到一家正要扩大生意的网络公司当动画设计师，果然开始了没日没夜的加班日子。不到一年，又被挖角到一家报纸副刊当主编，但是她很快又决定去一家提琴店当店长，之后又转换跑道，去一家出版社工作。短短五年内，换了四份完全不同性质的工作，唯一没变的是活在自己的奇幻世界，写她的长篇奇幻小说，并且学会拉大提琴。对她而言，工作似乎不只是为了生存，而是一种自我价值的追求和肯定。她曾经很不平地对我说："这个环境把满腔热血的年轻人变成了自我价值毁坏的卑微小动物，大人们却又怪罪我们年轻人骄纵不耐劳。其实我们很努力！"

或许我成长的年代正是一个英雄出少年的大翻转时代，战后出生的婴儿潮世代大量涌入社会争取自己的战斗位置，很快就拥有了一定的资源和权力。出了社会后，我也习惯拉拔比自己更年轻的世代，赋予重责大任，他们的表现也都符合我的期待。我对年轻人一直很有信心。

年轻人是要教的，是要让他们发挥创意的，不是拿来当机器人使的。让年轻人站在我们的肩膀上，让他们能看得更高更远，而不是将他们踩在脚底下，凸显大人们的权力和威风的。

会打家长的老师

半个世纪之后，我终于见到了他，那个当年忽然从小学消失的三年级年轻导师。记忆中的詹老师长得瘦瘦长长的，梳着油油的头发，脸上总是带着一种玩世不恭、有些挑衅的笑容，在学校里有点像不太安分的叛逆分子，总是装疯卖傻地逗着学生玩，不太像传统那种道貌岸然的老师。

上小学时，我一直不明白这些被称为老“师”或老“书”的人，是从哪儿冒出来的，怎么差那么多？一年级的王老师一上讲台就用不标准的“台湾狗蚁”说话，同学们回敬她闽南语，说“听冇”。于是王老师就改用很流利的闽南语上课，全班就我一个人听不懂，少数服从多数，鸭子听雷了一年，还是考第一名。

上了二年级，换了一个说起北京话还会卷舌的倪老师，她说话慢条斯理、轻声细语，很有教养的模样，还被选为模范母亲。我看准这个温柔心软的模范母亲很好欺负，整个学期都不写语文生字，最后还是被她发现了。倪老师对我这个第一名的班长非常失望，她说，你这样怎么能得第一名呢，于是给了我第三名。

升上三年级，就遇到了刚刚才从师范学校毕业的詹老师，嬉皮笑脸的他和顽皮捣蛋的我一拍即合，彼此欣赏。当时学校配合教育部门的政策，要推出一个舞台剧，校长指定詹老师编导，要他从五、六年级不升学班的学生里挑选演员，这在当时很封闭的环境中是件大事情。剧情中需要一个人演儿子，詹老师挑了才三年级的我，这下子太好了，对于很讨厌坐在教室里上课的我，可有了正当的理由常常去排戏，简直是如鱼得水。

詹老师很少打骂学生，对于一些环境不好的学生还会特别照顾。有个同学常常不做功课，因为回家都要帮忙父母亲做生意，詹老师就将这个学生留在教师休息室写功课，规定他写完才能回家。有一天下午，有个怒气冲冲的男人冲进了教师休息室，发现自己的孩子在那儿写作业，他对着詹老师破口大骂三字经，詹老师拿起椅子就砸过去，这时我们才知道平日老爱讲笑话、个性轻松的詹老师原来是个火爆浪子。

后来，詹老师忽然从学校蒸发了，于是谣言四起，先是说那个被砸椅子的家长是条大尾鲈鳗，已经将詹老师“处理”掉了。又有一种说法，詹老师是“匪谍”（课本都这样写，小心“匪谍”就在你身边），被警察捉走了。许多年后，童年的这段记忆给了我一个强烈的创作灵感，我虚构了一篇很能反映当时白色恐怖氛围的小说，从一个十岁儿童的观点来看成人世界的斗争和险恶。

半个世纪后真相大白，詹老师出现了，他不在台北，也从来没有被卷入白色恐怖。他退休前是在一所大学教会计学的博士教授，早已经成家立业，有了优秀的孩子。原来，他是大陆打内战时跟着当军人的亲戚逃出来的，成了孤儿的他辗转来到台湾，从南部的小学读起，又进了当时专门收容从大陆逃出来的流亡学生和来自滇缅、越南的难民小孩的彰化员林实验中学，最后考进师范学院。

师范学院毕业的前三名可以分发到台北任教，为了要凑足进私立大学读书的学费，他卖掉了在台北任教的资格，换到新台币两千多元，想更上一层楼。但是第一学期读完又没有钱了，他一度流浪街头，最后靠学校给他全额奖学金和生活费，他才把大学读完。我问起白色恐怖，他淡淡地说，他的亲戚倒是被卷进去过，那时候这种事是常常有的。我曾经听过流亡学生在船上被麻袋装起来投入大海的故事，告诉我这个故事的人是我的主管赵琦彬先生，他提醒，政治是很险恶的，我们年纪尚轻，没有见识过而已。

最近看了柯一正导演、吴念真编剧、王鼎钧原著的舞台剧《单身温度》。故事中的主角华弟就是和詹老师同一种身份和命运的年轻人，单身随着军队来到了台湾，带着一瓶有着妈妈眼泪的故乡泥土，据说可以治百病。华弟错过了几段爱情，最后一个人孤独地活着，将他乡变成了故乡。

有一场戏是华弟一个人寂寞地过着除夕夜时，忽然来了一个陌生女人美莉，她是一个身世坎坷的养女，曾经被养父强暴，又被美国大兵遗弃，她的出现是要来告诉华弟关于他留在大陆的亲人和爱人的消息。

华弟得知了所有真相后，人生几乎被摧毁，两个天涯沦落人抱头痛哭的一幕，让台下的观众同声一哭。哭那个时代有那么多不幸的人，也哭自己和其他人能够有尊严地活到这个新的时代，其实是一种幸福。

上路吧，有为的青年们！

我坐在视听室里，看着二十三年前自己策划和撰稿的纪录片《寻找台湾生命力》三、四集。我并不清楚那些和我一起看这部纪录片的观众会是谁，总觉得应该不会有人对这个“老古董”感兴趣的。就算是在二十三年前，当这部纪录片在电视频道播出时，都会让人觉得严肃到让人喘不过气来，被形容成是“在一群低俗的节目中插入《寻找台湾生命力》，就好像在一群沉迷手淫的人中大谈神爱世人一样格格不入啊！”这像是在赞美，但是却让人感到一种不够世俗的尴尬。

坐在我旁边、陪我一起看的人，正是“青春有为”主题纪录片影展的主办单位负责人蒋显斌，就是他要在这个影展中重新放映这部二十三年前的纪录片，导演符昌锋还特别提供当年用底片拍摄翻拷的版本。青春有为！青春有为？这名字想得真好，尤其是放在这个青年人面对一个似乎毫无作为可能的失业兼低薪的新时代，听起来还有一点点讽刺意味。

不过既然答应要来共襄盛举，我也借机回味一下二十三年前自己的青春时代吧。如果青春不一定是用年龄来界定的话，当时还未满四十岁的我，心态上还是非常意气风发、神采飞扬的，还是很想大步冲向前，踩平所有阻挡我们前进的障碍的。那个由“野百合运动”所揭开的一九九〇年，那个整个社会都充满了焦虑不安的一九九〇年，当时，你出生了没有?

从二十三年后的今天，回头看一九九〇那个充满未知和茫然的年代，实在是无法想象后来台湾在政治、社会和经济状态会改变得如此剧烈。因为快速政党轮替，当年在影片中被形容是“游牧民族”的野百合世代的一些年轻人，竟然像搭上直升机一般，直接进入了统治阶层，开始学习如何“治理国家”；当然落败的那一方，更有些人抱着“亡国”的悲愤远走他乡，期待“光复国土”的一天。

最不堪的是，在这些剧烈的改革和变动发生后，新一代的年轻人重看这部影片时，竟然发现当时没有解决的问题，例如躺在忠孝东路抗议买不起房子的无壳蜗牛运动，到了现在只有更加严重；当初被认为是社会最重要的改革力量的中产阶级，竟然在这个M形社会中渐渐消失了。还有当年不顾一切法令约束，直接带着资金去到大陆投资、开创新局面的台商们，也因为大陆本身的崛起，渐渐从投资老板沦为看人脸色的伙计，甚至成了台劳。一场看来翻天覆地的不流血革命，怎么是如此不堪的结局?

政治禁忌被彻底突破了，政党轮替的梦想已经实现了，但是政治上蓝绿的对立，却撕裂了族群原本对彼此的信任。当初被认为是台湾生命力的表征，如今却已经奄奄一息了。这二十三年来唯一最大的改变，是自我的认同，认为自己是“台湾人”的人，变成了这个社会里的大多数人。

影片放到最后，陈扬的歌声响起，是我写的歌词："我站在渐渐沉沦的陆地，冰冷的海水淹没了我的脚底，温热的面颊一再被海风吹袭，变冷的是我的心。可是啊微弱的呼吸让自己清醒……我的记忆从来不曾如此清晰，流过的汗水走过的道路，在大海中一直延伸，我好像看到了我们的新天地……"

就如同二十三年前看到这部影片的结尾时一样，我还是忍不住流下了热泪。我也分不清楚二十三年前和二十三年后所流下的眼泪，是不是相同的理由？

我们曾经向往的新天地，在二十三年后，难道已经成了年轻人的失乐园？难道是我们这一代的人努力不够吗？还是有人默默地收割了这一整代人努力打拼的成果？我们多么希望自己可以抬头挺胸告诉世人说，经过了二十三年的追寻和努力，这里已经是一个自由民主、经济繁荣、人民安居乐业的社会，是我们留给后代子孙的新天地，而不是让人叹息、感到无力可回天的失乐园。

影片放映后，我才发现在场有许多都是一九九〇年前后出生的年轻人。问答结束后，有个年轻人走过来谢谢我，他说他原本对自己的大计划还很犹豫的，看了影片、听了我的话之后，说他决定勇敢"上路了"。他的"上路"指的是什么，我并没有多问，但是我猜得到现在年轻人的选择有几种，一种是到远方读书、放逐、流浪、打工或旅行，一种是毕了业先找份工作赚钱，一种是留在学校继续念书，还有一种是越来越少的大胆创业。

我对现场的年轻人说，不管做什么都可以，就是不要太犹豫、太退缩，先上路再说吧，你的优势就是还有足够的时间可以经历许多次的失败。你无法改变这个时代，但至少你可以先改变自己。

做一个有为的青年，上路吧！因为你也没有什么避风港，也没有什么路可退。

大人们，请别占着茅坑不拉屎

我每次去住家附近那间邮局办事，最怕遇到一楼窗口里坐着的那个男人。

他的表情呆滞，动作缓慢，他没有任何肢体障碍，他的障碍是在自己的角色扮演，他还在享受着“把关人员”的一点小小威风。当窗口外面队伍越排越长时，他反而放慢脚步，享受着有点权力的片刻时光，停下来喝喝茶、挖挖鼻孔，有时干脆站起来走去上个厕所。我好想大声抗议，但是前后的人都若无其事地等待，也就忍了下来。

如果可以选择，我会排另一个窗口。到了邮局楼上办其他事情时，每个窗口坐的都是年轻女孩，我目睹过一个年轻女生是如何有耐心地服务着一个动作迟缓的老先生，当老先生离开时，那个年轻女生还挥挥手向老先生说再见。同样是在邮局工作，怎么差这么多?

多年前，当公务员还没有将自己当成公仆的威权时代，我打电话去区公所询问一些事情，被一个老气横秋的办事员凶了一顿，挂上电话后越想越生气，于是又拨了一次电话回去，将那个态度恶劣的公务员骂了一顿。果然，几番政党轮替后，区公所的柜台降低了，公务人员对来办事的民众奉茶奉水，笑脸相迎。此时此刻，还有这样的办事人员没被淘汰，我以为是时光倒流，又重回到旧时代。

“占着茅坑不拉屎”这句话，是我青少年时代从李敖的书里面看来的。那一年，我刚考上很不理想的高中，对于当时教育制度中的许多怪现象感到愤愤不平。初中语文老师朱永成想启蒙我对许多事务的思考能力，寄了李敖的那本《传统下的独白》给我看。李敖在“十三年十三月”里描述他跟着父母亲来到台湾后，接受台湾学校教育的失望过程，大学毕业后放弃留在学校继续做学术研究，自己出来开了一家“文星出版社”，并且专事写作。他在书中大力批评当时台湾高等教育体制和内容的僵化，像一台强力冷冻机，将原本怀抱热情的年轻人的热情急速冷冻，所以他要早点走出校园去外面闯天下。他另有一篇文章提到社会上有许多人是占着茅坑不拉屎的，浪费了许多社会资源，让更多有能力和有才华的年轻人排队苦苦等着。十六岁的我受到这些文章的激励，至今难忘。

时空来到了半个世纪后的台湾，这个现象似乎并没有太多的改善，同样还是有许多人借着制度的保障，占着茅坑不拉屎，让这一代年轻人等待的队伍越排越长。我想起女儿几年前曾经发表过一篇《鲁克温世代》的宣言，宣言的最后是这样写的：“……但只要你们闭嘴一下下，一下下就好了，我们就可以证明时代已经改变。往前走吧，我们只是因为善良，所以不忍心用力一推……”

当时报社副刊要做七年级生的专题，讨论年轻世代的种种文化和思想，女儿就写下了这个宣言。时隔几年后，年轻人低薪失业的问题更加严重了，经济不景气更使得许多人延迟退休的时间，这个等待的队伍将更长更长了。

所以，如果你还有点同情心，可不可以把屁股擦干净站起来，轮到下一位了？因为我们的八年级生也将陆续排队上场了。

应该轮到他们来完成自己的梦想蓝图了。

幸运的《南方小羊牧场》

第一次读到《南方小羊牧场》的剧本，是在四年多前台北市电影委员会举办的第一届“拍台北”电影剧本征选比赛，这个剧本获得了金奖。

第二次再读到这个剧本和电影企划书时，是在两年前新闻部门定期举行的电影辅导金的征选。印象中，那一次电影辅导金因为预算的经费所剩不多，在众多的申请者中只能补助一名，结果得到这笔经费的还是《南方小羊牧场》。这个“幸运”的编导，是曾经得过二〇〇三年台北电影节台北电影奖百万首奖的年轻作家及纪录片导演侯季然。

从20世纪90年代末期到这个世纪初，当台湾电影工业进入最黑暗时期，许多年轻的电影工作者都是踩踏着这样的各种影展竞赛和短片、长片辅导金的阶梯，一步又一步，小心翼翼地踩踏上去，才能得到拍长片的机会。在这样的过程中，有的人常常没站稳就踩空了，有的人还跌得鼻青脸肿，而侯季然是很“幸运”的，在完成第一部电影长片《有一天》之后，又交出了个人的第二部电影长片《南方小羊牧场》。

当我重复使用“幸运”这样的字眼来形容侯季然时，丝毫没有贬义的意思，反而是要提醒其他有志于这个艰困行业的年轻朋友们注意，为什么有些人比较幸运，而自己却不得其门而入？而这个问题的答案，在我某一次和侯季然一起工作时终于揭晓。

在那个很短期的工作接触里，我和侯季然聊到自己曾经在一些过往的评审工作中，看过一些相当有趣的拍片企划，对于已经走远的旧时代有些很特殊的体会和观察。例如对台湾电影史上很短暂的黑社会写实片的兴趣，例如对20世纪70年代“三房两厅”的幸福感的记录，侯季然很开心地告诉我，那些都是他写的企划案。

原来，他曾经在电影资料馆工作过，对于台湾的电影史相当熟悉，他本身又对过往许多事物都抱着依依不舍、无法忘怀的情怀，使他在创作时常常显现出不同于其他年轻电影工作者的“老灵魂”。就是这样纯真的“老灵魂”让他能在电影作品中，隐隐散发着对人世间的某种依恋和不舍。或许，这才是他在每次不同的电影评选中脱颖而出的真正原因了。他的幸运，其实是来自他长期对台湾电影所投入的热情和扎实的功夫，一切并非侥幸。

我迫不及待在一个只有四五个人的试片间，看了刚刚才完成的《南方小羊牧场》；试片间的冷气很强，因为人太少，所以有种自己一个人在黑暗中观赏的错觉。

初恋爱人突然在人间蒸发，只说是去补习了，慌慌张张的柯震东陷入了一片茫然；整部电影想说的，就是在这样浑浑噩噩的状态中，柯震东将如何继续自己刚起步不久的青春。失恋的他，是否有能力开展下一次的恋情？在这样一个许多年轻学生聚集补习的地方，有多少不为人知的快乐和心酸？许多让人发笑的场面没有人和我一起笑，许多可爱的对话和动作也没有人陪我发出赞叹，我在黑暗中静静地盯着每个镜头的安排和剧情的发展，鸡皮疙瘩在冷气中渐渐浮了起来，仿佛也看到了年轻时渴望爱情的自己。

侯季然将记忆中哀伤悲凄荒凉的南阳街补习岁月，用大野狼和小绵羊的童话故事及轻快的影像节奏，重新装点着那段苍白无奈的青春。就像电影创作之于真实人生，当我们用电影重新诠释过往的记忆后，那段真实的记忆就被打包起来，放在了最深最深的角落，电影中的一切像变魔术般，反而变成了人生的真实。

祝福这一代年轻的电影工作者，能在黑暗中继续爬着阶梯，寻找到自己心中的梦想。我知道这会是一条非常寂寞而艰苦的寻梦之路。

最年轻的火箭已经升空了

那个林书豪忽然平地一声雷崛起于 NBA 常规赛的春天，许多平常从来不看 NBA 的人也都跟着疯追 NBA，只要有纽约尼克斯队的转播，哪怕是深夜三点也有很多人熬夜看球，夜店更是一位难求。纽约尼克斯队简直成了“中华台北队”。

可是从小看 NBA 的 Jim 不太能适应这样赶热闹般的一窝蜂，因为他一直有自己特别钟爱的凯尔特人队，他也特别喜欢凯尔特人队的加内特（Kevin Garnett），就像他也看好马刺的老将邓肯一样。Jim 从加内特进了森林狼队，就开始注意这个高大沉默的巨人，后来他成了价值连城的狼王，几年前，才被凯尔特人网罗。Jim 没有看走眼，已经三十六岁的加内特比十年前还凶猛。

那天凌晨三点半，我被闹钟叫醒，尼克斯对上了凯尔特人，双方你来我往，打得难分难解，最后进入加时赛，尼克斯还是输了。树大招风的林书豪在被对手看死，在全场嘘声中，打完了这辛苦的一战。Jim 没有像我一样半夜爬起来看转播，他说，他简直有点错乱，不知道要替哪一队加油，干脆放弃。自从有了林书豪，原来喜欢看 NBA，或是对某一队某一人情有独钟的人都沉默了。我这种没有 NBA 历史感的人没有这种矛盾，我喜欢林书豪，所以也喜欢他投效的队友。我是盲目的民族主义者。

我还有一套自己从小建立的认知世界的方法，很幼稚，但积习难改。我用《水浒传》的人物套在那些球员身上。甜瓜安东尼是夜奔梁山的豹子头林冲，统领八十万禁军的枪棒教头，豹头环眼燕颔虎须，运球深入敌阵，如挥动丈八蛇矛万夫莫敌。斯塔德迈尔像是黑旋风李逵，运球切入如用斧头砍人，无人敢靠近。钱德勒是花和尚鲁智深，在篮筐下舞动禅杖如入无人之境。那么，林书豪当然就是打虎英雄行者武松了。他相貌堂堂，身躯凛然，胸脯横阔，双眼发光直射寒星，每次抱球杀入高大敌军环伺的禁区，就有那股赤手空拳打死老虎的狠劲。

林书豪受伤了，我没有放弃看尼克斯队的赛事，直到尼克斯队在季后赛被淘汰了，我只好选边站。经过了多场的观察，东区我看好热火，西区我挑雷霆，都是那种年轻气盛、火力强大如一群野兽般的队伍。有 NBA 历史感的 Jim 和我相反，他还是喜欢凯尔特人和马刺。老的挑年轻队伍，小的反而爱有老球员的队伍。Jim 说他不喜欢雷霆和热火那种粗暴的打法，我却喜欢他们那种迅雷不及掩耳的快攻和密不透风的防守。

没有林书豪的日子里，我和 Jim 每天都讨论一点点准冠军赛。在准冠军赛的第四场，雷霆队跳出个伊巴卡，像吃了仙丹一样有投必中，一口气连投了十一球全中，追平了 NBA 的历史纪录。我忽然对这个球员感到好奇。

看到来自刚果共和国的伊巴卡的爆起，我又会想起“我们的”林书豪来。伊巴卡是刚果历史上第一位打进 NBA 的球员，赛前他总是会捧着法文的《圣经》在默默地祈祷。伊巴卡家里有十八个兄弟姊妹，存活下来的有十个，他是老幺。死亡在那个战乱的贫穷国度是稀松平常的事情。

雷霆在第六场原本被马刺打得落花流水、魂飞魄散，竟然最后还能稳下阵来逆转胜，在先输了两场后，连赢四场击败了马刺，终结了西区十三年来由湖人、马刺和小牛包办西区冠军的局面。打满全场的杜兰特紧紧拥抱着他的家人，马刺的邓肯很有风度地过来抱着杜兰特说着悄悄话。我却在镜头里寻找伊巴卡。

“看来凯尔特人也会像雷霆赢马刺一样，连赢四场，干掉热火！”没有林书豪的日子，Jim 说到凯尔特人时，声音变大了许多：“至于林书豪，应该去湖人！”

不过，没有历史感的我所喜欢的热火和雷霆，最后打进总冠军赛。Jim 喜欢的马刺和凯尔特人都输了。总冠军赛 Jim 赌热火，我赌雷霆，这回 Jim 押对了，是热火拿到了总冠军。

今年新的球季又开打了，所有的队伍经过交易后重新洗牌。没有林书豪的尼克斯队反而变得更坚强了，因为甜瓜的表现太惊人。而林书豪没有去湖人，他来到了休斯敦火箭队，原本陷入泥沼的火箭队同时也网罗在雷霆队被两大强人掩盖锋芒的哈登，以及公牛队的白人中锋阿西克，形成了媒体喜欢描写的“哈林连线”。

新的球季开打一阵子后，哈登大爆发，林书豪的表现有起有落，不过台湾的球迷还是跟着林书豪最爱火箭队，于是火箭队又替代了尼克斯队，成了“中华台北”。火箭队和国王队交换了三个球员，换来了中锋罗宾逊和前锋加西亚和哈尼卡特，成了全联盟最年轻的球队，最近的一场赛事，火箭打败了国王队。

最年轻的火箭队在本赛季的口号是“新时代”，他们就像是过去的雷霆队一样，凭借着年轻和体力，重新找到球员彼此的默契，以行云流水般的节奏和神乎其技的三分球，展开一个全新的时代。这次季后赛火箭不幸遇到了超强对手雷霆。

而最年轻的火箭队在面对超强敌雷霆，连输三场后奇迹式地阻止了雷霆的第四场胜利。年轻，真不坏。

林书豪在季后赛又受伤了，但是看他带伤拼命的劲头，我相信在竞争激烈、不断汰旧换新的 NBA 里，他还会走很久、走很远。

回家，只因为离梦想更近

那是一个海峡两岸电影人的餐会。餐会后，许多人都满脸通红，醉得东倒西歪，继续站在门口聊天，我在冷风中静静地离开。

在旁人眼中，我曾经历热闹喧哗的电影界，转战过如战国时代纷乱的电视圈，应该是个长袖善舞、很能应酬的人，但事实上，我总像是一个天外飞来的人，有点不知所措。或许因为如此，我也不容易卷进暗黑的深渊无法自拔。

那天在座的两个老朋友，正是台湾电影界两代的“盟主”李行导演和侯孝贤导演，他们在各自不同的时代都有着举足轻重的地位，目前也都为了提携后辈和整合有限资源奔走两岸，而最近侯孝贤终于也开拍了他的新片《聂隐娘》。

那一年，我还在阳明医学院担任助教，除了教授医学院大一的生物实验外，还进行一个肝癌的研究计划。刚刚完成一部叫好又叫座的电影《小城故事》的李行导演，透过他的副导演黄玉珊找到了我，希望我能用《小城故事》的演员班底，替他写下一部电影的剧本。我想到用当时正流行的民歌手为主角，很快地写了一个故事大纲《早安台北》给他。

那时二十七岁的我，刚刚接触台湾电影界，也刚刚改编自己的小说《男孩与女孩的战争》和《蛹之生》，正在写另一部后来成为军教片始祖的电影剧本《成功岭上》。我一心想在这些剧本创作工作告一个段落后，去美国继续攻读分子生物博士学位，当科学家才是我人生真正的目标。而当我用阳明医学院的考试纸写了《早安台北》的分场大纲交出去后，愤怒的李行导演打电话到阳明医学院劈头就骂，说我不可以用“业余玩票”的心态和他工作，尤其是用学校的考卷纸写剧本，更是对他的不尊重。

当时才四十八岁的李行导演刚完成他的成名作《秋决》，以及疯狂卖座的电影《汪洋中的一条船》和《小城故事》，事业正达巅峰。

曾经担任他美术指导的王童导演，形容过李行导演的坏脾气，他说大导演会拿起斧头，对着不满意的布景道具猛劈，工作人员见到他都会发抖。偏偏他这回遇到了并不懂这些伦理规矩的我，我在被骂之后本能地捍卫尊严到底，也回骂过去。

李行导演在盛怒之下，说了一句名言：“吵架不能用电话，因为没有表情。你下山来，咱们见了面再继续吵。”被骂之后的我，打定主意不替李行导演编剧了。下了山、吵了架的结果是我退出，这时他想到了侯孝贤。

那时才三十一岁的侯孝贤已经入行五年，他入行当场记的第一部电影，正是李行导演改编琼瑶小说的《心有千千结》。我写第一部电影剧本《男孩与女孩的战争》时，导演赖成英要副导演侯孝贤负责教我什么是电影剧本，他算是我写电影剧本的启蒙者，于是《早安台北》的剧本就让侯孝贤给收拾善后，电影拍摄时，我已经飞去了美国纽约。

后来《成功岭上》和《早安台北》都分别入围了金马奖改编剧本奖，而《早安台北》再度让李行导演拿下了当年金马奖最佳影片。我在大雪纷飞的纽约苦苦地读着分子生物的课程，听着随身带着的《成功岭上》那首热血励志的主题曲："英雄来自四面八方，从四面八方奔向成功岭上……"常常听得热泪盈眶，内心深处总有个东西在乱窜。

纽约大学水牛城分校的台湾同乡会，常常通过电话播放着我童年熟悉的台语歌曲《补破网》《黄昏的故乡》《孤女的愿望》，好像有个声音在我耳畔不停地召唤着。我疯狂想念着家乡的小吃，我决定放弃成为科学家的梦，在局势动荡的年代逆着当时移民美国的浪潮，寂寞地返回了多雨的家乡。

当时台湾正处于内忧外患的关键时刻，美国宣布和中国大陆建交，第七舰队驶离了台湾海峡，台湾渐渐不被国际社会承认，成了国际孤儿，美丽岛事件让所有的反对人士入了监狱。

我决定回台湾时，有个正在攻读财税的同学对我提出恳切的忠告："不要回去，那个地方没有我们的份了。"说这话的同学是个外省第二代子弟，他很有远见地分析说，台湾早晚会政党轮替的。不过几年后，他学成归来，当上了一家名校的系主任。台湾后来果真如他的"忧心"，真的政党轮替了，但是台湾的包容力却是超过了他的预测，每个人总是能在自己的土地上找到自己存在的意义和理由。

我回到台湾后，受邀加盟了全台最大的电影公司，成为“专业”的电影人。虽然我没有再用阳明医学院的考试卷写剧本，但却带了一本我就读于师范大学生物系时留下来的笔记本，在封面上写着“白鸽计划”。面对如此巨大复杂的“中央电影公司”，我还是像个走错教室的过动学生，像个外星人那样格格不入。

许多年后我才知道，当初网罗我进“中央电影公司”的明骥先生，全力邀我进“中影”的理由之一，竟然是他看到媒体报道说，我放弃美国给我的高额奖学金回到台湾发展的新闻，他认为我一定是个热血的爱国青年！一切或许都是一个美丽的误会，其实我回家，只是挑了一条离梦想更近的道路而已。

后来改变了台湾电影史的“台湾新电影浪潮”，便是在我进了“中央电影公司”之后第二年开始的，当时已经成为导演的侯孝贤，成了这个浪潮的领军人物之一。他在带领着两个年轻导演万仁和曾壮祥完成经典的三段式电影《儿子的大玩偶》之后，开始他导演生涯最重要的转型时刻——连续四年完成了《风柜来的人》《冬冬的假期》《童年往事》《恋恋风尘》四部在国际影展上得奖，并且让当时的“台湾新电影浪潮”受到欧美影评人重视的电影。

李行导演曾经告诉我，当“台湾新电影浪潮”刚兴起时，他邀请胡金铨和白景瑞也合拍了一部三段式的电影《大轮回》，想和《儿子的大玩偶》对抗。《儿子的大玩偶》拜禁演和被迫修剪的风暴，逆势而上，锐不可当。快人快语的李行导演说，这一战使他承认了“世代交替”的事实，愿意扮演幕后监制的角色，提拔年轻导演，其中最有名的作品，便是张毅导演的白先勇文学作品改编的《玉卿嫂》。

当台湾电影界热闹纪念“台湾新电影浪潮”三十周年时，另一拨势不可当的“电影后浪”在几年前已经悄悄冲上了海滩登陆，但是受困于整个电影工业萧条了十多年的黑暗期，这批领头的第三代导演们也都过了四十岁。

目前已经完成三部电影作品的钮承泽导演，是这批导演中少数曾经在“新电影浪潮”发生时正在现场的电影人。他十六岁时就当上了新电影经典作品《小毕的故事》的主角，由于片子的卖座，他立刻爆红，侯孝贤便是这部电影的投资者之一和编剧。接着，侯孝贤又邀他主演《风柜来的人》。然而太早的成功让血气方刚的钮承泽迷失了人生，在这个行业中浮浮沉沉，也演了很多的电视剧。

我再遇到他时是二〇〇一年，三十五岁的他终于改行当了电视连续剧的导演，作品正好在台视播出，我也刚好任职于台视。在台视最大的摄影棚里，我们搭建了一栋精致的日式房子，让他安心地完成他的作品《吐司男之吻》。

二〇〇一年是台湾电影最消沉的一年，却是台湾电视偶像剧刚兴起的一年，当时台视以生活写实的《吐司男之吻》，和华视华丽浪漫的《流星花园》分庭抗礼。这些在电视剧上练功的导演如蔡岳勋，后来陆续都拍了电影，也有了不错的成绩。

钮承泽在《吐司男之吻》中显露他过人的才气，七年后的第一部电影导演作品《情非得已之生存之道》，让他和《海角七号》的魏德圣一起成了二〇〇八年台湾电影起死回生的关键导演。在他陆续完成了卖座上亿的《艋舺》和《LOVE》后，钮承泽最在意的，还是他的师父侯孝贤的肯定。

台湾的第三代年轻导演中，有许多人是非常关心社会议题的，像是拍《不能没有你》得到金马奖的戴立忍，总是站在许多社会议题的火线上。他曾经回忆杨德昌导演在上电影理论课时很少谈电影，他谈的都是当时发生的社会议题，这对他影响甚巨；王小棣和鸿鸿更是常常出现在许多替弱势争权益的抗争场合，把社会实践摆在他们人生很重要的位子上。

在这次反核的议题上，第三代年轻导演魏德圣、郑有杰、杨雅喆、钟孟宏、陈宏一、马志翔等人，更是拍出反核短片来表达他们的意见。过去我们时常看到侯孝贤导演单独出现在许多为弱势团体争权益的场合，令许多人为之动容。在这次反核行动中站出来抗争的，有一些是“台湾新电影浪潮”的第二代导演们，像是带头的柯一正和王小棣、吴乙峰、万仁等人。这两代台湾导演在这一次的反核行动中，展现了一种为了理想的传承、为了梦想的实践的惊人团结和意志力。

我最喜欢这种大家一起团结穿过黑暗、迎接光明未来的感觉。因为工作认识了这些不同世代的朋友，能为了忠于理想、实践梦想而和他们站在一起并肩作战，是我人生中最幸运又最幸福的事情。

回家，果然离梦想更近。这条通往梦想的道路，我会一直走下去。

辑 四

世界虽然残酷，我们还是要为这个社会做些事

悲伤有时会产生一股很奇异的温柔力量；悲伤有时也能让人更有同理心。

在残酷的世界里，大多数人想的是如何从别人身上得到什么，拿走什么，只有呆子才想要不断地给出去。但是当这个社会出现了十个呆子，一百个呆子，一千个呆子，一万个呆子时，这股力量就变大了。呆子，才是这个残酷世界的最后救赎！

你可以拿，你也可以给

写给愿意释放温柔力量的你

说故事的莉奈公主

有人说，这一年将会是社会运动风起云涌的一年，每个角落都将会出现愤怒的呐喊，受屈辱或是感到愤愤不平的人们将会走上街头。原本渐渐趋于平淡冷漠的社会，似乎又被重新燃烧起来。悲伤有时候会产生一股很奇异的温柔力量，悲伤有时候也能让人更有同理心，这是我最近才能体会的。

年初一下午两点整，是我们家族的莉奈公主说故事的时间，所有人都要在这个时间之前把自己该做的事情做完，赶到二姊家来听莉奈公主说故事和唱歌。有时候，她还会来上一段像乐仪队的操枪表演，通常她会将自己装扮成乐仪队的模样，手上拿着动画《光之美少女》里面的光剑。

妹妹走的时候，莉奈公主才刚小学毕业，那年暑假妹妹就是为了莉奈公主的未来升学管道奔波，找了好几间体制外标榜开放教学自主学习的学校，他们给的答案都是千篇一律，他们不是收留有点情绪障碍孩子的地方，他们甚至收的是精英，是要给一般学校无法给的精英式教育。

在这之前的十二年岁月，妹妹早已带着莉奈公主跑遍所有可能的医疗和教育机构，不断提升她的表达和沟通能力，她虽然进步神速，但还是和一般孩子有些落差。这是一个弥漫着功利和竞争气氛的社会，从婴孩出生那一刻开始鸣枪起跑，和别人“不一样”就代表是社会的弱势，跟不上学习进度的孩子注定要被残酷淘汰。每个孩子都有他们自身的成长节奏，只是我们僵化的教育体制和急切的父母没有耐心等待罢了。

后来，悲伤到绝望的妹妹在四处奔走寻找适当初中的过程中，越来越焦虑，也越来越愤怒，就在这年夏天，她忽然倒在一个密宗的道场里。四十八岁的她，终于向这个残酷的世界宣告投降，结束自己从小勤奋读书、入社会力争上游的短暂生命旅程，将这个被一些学校拒绝收留的孩子，还给了残酷的世界。

悲伤的妹婿将莉奈公主带在身边，初中毕业后，让她考上自己任教的技术学院，他尽量抽空陪她一起在教室里听课做笔记，也不管别人异样的眼光。回到家后，他再教她一遍、两遍、三遍，他用超乎常人所能忍受的耐心，用尽他个人所有的力量陪伴这个孩子，莉奈公主在语文科目方面常常考全班最高分。妹婿就这样陪着莉奈公主一直读到技术学院毕业，而他也已经精疲力竭了。

在《新故乡动员令》的访谈报道节目中，当我遇到李惟阳医生和李昭仪这对夫妻，听完他们悲伤的丧子之痛后，我忍不住也回忆起了当年失去妹妹这段不堪回首的往事。

超越丧子之痛

在访问来自宜兰罗东博爱医院的李惟阳医生和李昭仪这对夫妻之前，我已经偷偷地哭过了，我不知道要如何心平气和去谈别人的丧子之痛。我并不想扮演那种在访谈中切入对方痛处，引发对方痛哭，让观众或是听众也跟着落泪的访问者。我带着一颗忐忑不安的心，进行着这场每两周一次的例行访谈。

当这对有医学专业背景的夫妻笑吟吟地出现在我眼前时，我知道我们将会有一场平静而没有眼泪的对话，因为他们的笑容是那样的宁静平和，有着一种心碎过后的坦然和决心，仿佛该流的眼泪早已流干，该疼痛的也疼痛到心扉里了。

原来有两个女儿的李昭仪快要四十岁时，生下了一个可爱的男婴安安。从事复健工作的李昭仪在养育过程中，就隐隐感到这个男孩在各方面的成长都比姊姊慢，两夫妻都抱着大器晚成、大鸡慢啼的心态，不愿意接受安安是个发育迟缓儿。

安安在一岁三个月时，忽然眼神呆滞往上翻，还傻傻地笑，李医生安慰妻子说，可能只是良性热痉挛。最后经过了详细的检查，证实安安是“顽固性癫痫”及“发育迟缓”的双重病症，于是他们耐心陪着安安接受治疗。他们只能庆幸发现得很早，也许还来得及通过治疗而改善。

“我们以为已经走到人生的谷底了，没想到在谷底之下，还有更深的谷底。”李昭仪淡淡地回忆着深深的切肤之痛，“安安在四岁十个月的时候，又被诊断出罹患恶性脑癌，要立刻接受化疗和放疗。”这对夫妻看着安安因为接受各种治疗造成各种副作用，像口腔溃疡发炎、腹泻不止、发高烧、嗜睡、脸潮红、汗无法排掉，不禁发出问天的悲鸣，难道谷底之下就是地狱吗?

李惟阳医生说，他陪伴安安时都是在看各种医学的书籍和报告，希望能找到减轻孩子痛苦的方法。他说，他多么希望自己不是医生，看不懂那些医学的报告，才可能相信会有奇迹发生。在预知死亡，却无力阻抗的过程是何等的锥心之痛? 安安走的那一年，他才六岁。

“既然不能陪伴自己的孩子走向他们的人生，就陪伴那些和自己孩子有相同遭遇的孩子吧。安安生下来就吃尽人生的痛苦，我们希望他的苦没有白吃。”悲伤过度的夫妻做出了这个决定，成立“安安慢飞天使家庭关怀协会”，提出“即时侦测—即时反馈治疗”的观念。在陪着爱子安安走过如地狱般痛苦的过程中，李惟阳医师希望安安的病能对相关医疗上的改进有所帮助。

目前，由交大和成大两所学校的教授们组成的研究团队所开发的“脑波不正常放电即时侦测系统”，已经完成了在动物体的实验，希望可以减少癫痫病人的痛苦。

不断研究开发新的治疗可能、陪伴成长迟缓的孩子、照顾在精神上无依无靠的父母，是这对夫妻一直在做的事情。他们想要和那些有相同命运的父母，学习承担人间的至痛，这是知识所无法教导的人生功课。他们觉得唯有这样做，才不会让过往经历的痛苦和流过的泪失去意义，也算是让安安的短暂生命能遗爱人间。

是莉奈公主的复仇吗？

今年莉奈公主换了一套和她的故事情节完全吻合的女警装，她照例会将一些不同的礼物分赠给我们。她喜欢分赠礼物的慷慨行为完全是我妹妹的翻版，妹妹生前喜欢买一堆东西来家里，然后放在桌上说随便你们挑。

这次我分到的是一条莉奈公主亲手用金黄色毛线编织的网状围巾。我的礼物最特别，因为我主动表示愿意替她想法子购买最新版《光之美少女》的产品，我答应她会托朋友去日本买。

她对于别人的眼神和言语极端敏感，情感也过于细腻；她会分辨出哪些人是善意的，哪些人并不友善；对于不友善的人，她不但会拒绝往来，还会将这些人一一编进她的故事里面，接受厄运的惩罚。她会愤愤不平地说，谁要他们欺负我？

她的故事已经“撰写”很长的时间了，她将故事打在一份份档案里面，并且配上电脑绘图。她以一个称为疯狂村的社区，作为故事的发生地点，将身边的亲戚朋友都换了一个带着日本味道的新名字和身份，在这个故事里演出。

她会将真实生活中的人物关系做很巧妙的改变，例如，她会将原本的兄弟关系（我和弟弟）改成很讲义气的朋友关系，我弟弟犯了罪，我会出面替他顶罪，故事里的我是一个改邪归正的浪子。她又会将我弟弟和他两个儿子的父子关系改为三兄弟的关系，爸爸成了大哥，好像另外两个弟弟的仆人。相依为命的母子，则被她改成同居的情人。每当我专心听着她仿佛天马行空写的故事和改变的人物关系，都觉得在真实和虚构之间，有一种极精准的象征和暗示，像进入心理分析的层面。

而最让人感到心惊的是，她自己所扮演的角色已经被一群尚未落网的凶手霸凌而死，但是有一个和女主角长得一模一样的女人出现在疯狂村，她是疯狂村的福利社店长兼警察局的女警官，她就是故事中新的女主角藤宫莉奈，这样的转折让故事得以延续下去，也让被霸凌的主角死后重生。

每当莉奈公主说到那些将女主角霸凌而死却逍遥法外的凶手们时，她会情绪激动得不可遏止，眼眶中盈满泪水。真实和虚幻融合，她好像是故事中被霸凌而死的女主角，那种痛苦她似乎感同身受。我又忍不住想起了她的妈妈。

妹妹从读幼稚园开始就被同伴们欺负，我亲眼看到她在幼稚园车里抓着栏杆，无助地看着外面的表情，脸上带着泪痕和抓痕。后来妈妈就让她留在家中，直接等着上小学。刚开始的求学阶段，妹妹是我们家里面成绩最好的孩子，初中和高中都考上了第一志愿，分数排名都在最前面，但是她每逢大考必会发烧生病或是受伤，我印象中她都是带着重病去考场应试，想要出人头地的巨大压力让她几近崩溃。

出了社会，她常常哭着告诉我说，有人在打压她、欺负她，那种屈辱的感觉如影随形地跟着她，一直到她倒下。如果妹妹是在精神上被霸凌而死，那么真正的凶手又是谁呢？

她曾经告诉我，我是这世界上第二个压迫她的男人，我的积极、我的努力表现、我的幸运都一直逼迫着她。另一个凶手就是从小对她期待甚高和要求甚多的爸爸。还有，很多很多曾经欺负过她的坏人。

莉奈公主的诞生，更是深深折磨着从小都考第一名的妹妹。如今妹妹已经走了很久很久，莉奈公主的故事还会有续集，霸凌故事中女主角的凶手们都还没有抓到，故事中当上警察的莉奈公主是要来除暴安良的，她是要来复仇的。凶手到底是谁？到底谁才是社会上的弱势？由谁来认定？

呆子的力量

那天下午，我提早赶到位于重庆南路巷弄里的一间录音室，那栋老式公寓房子里的电梯还是早期的，外面就一个按钮，很人性化，我往返这间录音室已经两年了。下午录音室里很热闹，因为几个老朋友都在，四十七次访谈报道性节目《新故乡动员令》要收尾了，上半场将暂时告一段落。吴念真正在录音室访问一个坐在轮椅上的大树妈妈谢粉玉，她的故事非常传奇，令人不可思议。

出生在苗栗大湖的客家人阿粉姊，是一个四岁就被送去当养女、身世极坎坷的女人，从此以后就在打骂中成长；丈夫过世后，她独立抚养三个孩子。无依无靠的阿粉姊在非常悲伤和委屈却无处可倾诉时，就会去山上对着大树喃喃自语，从此大树成了她在人间最忠实的朋友。

丈夫过世那年，她几乎要崩溃了，于是去日本散心，就在这样的悲伤旅途中，见到日本神社前的鸟居牌楼是用台湾高山上的桧木做的，她很疼惜自己家乡那些轻易被人砍伐的大树。

从 20 世纪 80 年代起，阿粉姊开始抢救苗栗台三线附近为了土地开发要被砍掉的老树，她只能花钱买下那些老树，而为了移植老树，也要买下大片的土地。于是她向银行贷款七八千万，每个月要还银行四十万元的本息，凭着自己的力量，默默做着这些在别人眼中不是傻子就是疯子才会去做的事情。

当她在经济上无法支撑下去时，曾经写信向台湾地区领导人求助，台湾地区领导人指示“农委会”协助她，但是私底下“农委会”却端出法令来表达爱莫能助。事情曝光后，银行更是无情地加快拍卖她的土地，儿女们的薪水也被扣了。

阿粉姊的故事后来感动了许多人，他们协助阿粉姊成立“十呆环境保护基金会”，“十呆”是将古木两个字重新组合。在残酷的世界里，大多数人想的是如何从别人身上得到什么，拿走什么，只有呆子才想要不断地给出去。但是当这个社会出现了十个呆子、一百个呆子、一千个呆子、一万个呆子时，这股力量就变大了。呆子，才是这个残酷世界的最后救赎。

悲伤的大人要给下一代更多快乐

访问完阿粉姊之后，吴念真和我共同访问《新故乡动员令》上半场的最后一个呆子——我们认识了三十年的导演朋友柯一正，他除了自己经营一家中等规模的广告制作公司外，还有一个头衔就是纸风车文教基金会的董事长，最近因为带着一群艺文界的朋友在“总统府”前面快闪演出“我是人，我反核”，让反核的议题终于大量在媒体曝光发酵。高难度到几乎是不可能的任务的“反核行动”，已经成为他人生最想完成的心愿。

来自嘉义义竹乡的柯一正有个很悲伤的童年，由于父亲极为复杂的人生和早逝，童年时代的柯一正在不断迁徙流离的过程中，记忆几乎是破碎而空白的。这也造成他和同学朋友的关系很疏离，凡事都不在乎的人生态度。直到四十岁生日那天，他忽然想通一件事情：他曾经有过三次差点死亡的经验，他现在过的每一天都是捡来的，是多出来的，所以要很快乐才对。

有了这样的想法之后，他面对人生的态度大大地改变——他非常珍惜朋友，更愿意慷慨付出。在知道自己罹患大肠癌之后，柯一正乐观地接受治疗，每次治疗过后就大吃一顿，庆祝自己还活着。他说要让自己的余生更快乐，也想让下一代的孩子更快乐。

他这样的人生态度，感动了身边的几个朋友。于是纸风车文教基金会的“三一九乡镇儿童艺术工程”，终于在五年内走完全台湾三一九个乡镇。

在访谈中，他也正式宣告下一个“三六八乡镇市区儿童艺术工程”立刻要启动了，预计在七年内再走一遍台湾的每个市区乡镇，这是需要非常多的呆子和疯子才能办到的事情。

还有两件事情也是柯一正很想要完成的心愿。一个是借由戏剧的表演到九百所初中进行反毒的宣导，减缓毒品进入校园的速度；因为毒贩总是会吸收学校的学生或是中辍生，年龄层有越来越低的趋势。

他的另一个心愿是和一群朋友成立“快乐学习协会”，协助一些偏远地区弱势家庭在学习资源上匮乏的孩子有好一点的环境。有许多偏远地区的单亲和隔代教养问题极为严重，也造成不少中辍生问题。当义务教育延长到十二年之后，这个问题将更严重，所以这个课后辅导计划要趁现在赶快进行，以便结合目前已经在做这方面工作的人和单位。

柯一正说，上一代的大人掠夺了社会过多的资源，留下污染的土地和庞大的债务给后代子孙，大人们一定要觉醒，多多付出，不应该继续破坏和掠夺了。

这条路能走多远？能不能走到尽头？柯一正说，能做多少算多少，因为人类就是这样进化的。我们没有靠山和背景，但是至少我们愿意结合在一起，做自己认为对的事情。

孤独的孩子

我朋友的朋友从日本旅行回来了，他替我买到了莉奈公主最渴望的最新版《光之美少女》产品，朋友的朋友对我说：“虽然我不认识她，但是请让我送给她这份礼物吧，因为我想，她一定是个孤独的孩子。”

我将这个从日本买到的礼物送给了莉奈公主，莉奈公主很感动。

一个月后，莉奈公主给了我一封信和一袋礼物，她在信上这样写着：“谢谢大舅托人买到我要的 Smile 光之美少女的玩具，随函附上费用。我想送给那个替我带礼物的人一份礼物，两串水晶串珠饰品和水晶串珠饰品的制作机。请代为赠送给那个我不认识的人，并且替我说声谢谢。”

你可以拿，你也可以给。温柔的力量，就是这样渐渐释放了出来。

关于“功利”，我想说的是……

有一天，我和二姊正在讨论现代人凡事都以功利为出发点，每件事都讲求有没有用，能达到什么效益，如何能击败对手。我语带批判，站在一旁的经济学家大姊理直气壮地反问了我一句话：“请问，功利有什么不对？”

我一时语塞。一直以来，在这件事情上，我们姊弟俩是无法对话的。我们来自同一个强调“工作第一”和“生产至上”的穷困家庭，脱离穷困、力争上游是我们家共同的目标，唯一的方法就是读书至上、考试至上、工作至上，连休息、睡觉都带着罪恶感，更别说吃喝玩乐了。凡是联考不会考的科目，包括音乐、美术、工艺，甚至体育，爸爸会抢着替我们完成相关的功课，为此我还常常向爸爸抗议，因为我很喜欢自己画图和做工艺，也喜欢音乐。

有美术、文学天分的大姊说她小学毕业那年，就已经清楚自己的家庭不能给她多余的资源和支持，她决定放弃对美术、文学的爱好，埋头苦读教科书，拼每一次大小考试的分数，从不会分心去关心身边其他事物。她明知道自己数理最弱，还是去读了需要大量数理知识的台大经济系，然后留学继续深造，还是攻读她并不喜欢的经济，因为“经济系”听起来“很有用”。

她将这个“经济系最有用”的观念贯彻到下一代，两个孩子也都念了经济系。从公务体系退休后的大姊，生活借由画国画、写书法、上英国文学作品赏析课和旅行来打发。她很满意这样的人生，该有的都有了，人生很圆满，请问，功利有什么不对？大姊的口气似乎有点生气，对我这个爱唱反调的弟弟感到不解。

是的，在这样一个资本主义高度发展的社会，功利的观念和行动是无所不在的，对我而言更是不陌生。从事电影工作时，我的笔记本上写的都是每一部电影在每一家戏院每一场的观众人数，那是我用来说服老板投资下一部电影的根据。对当时的我而言，人只有两种，“会”走进电影院的观众和“不会”走进电影院的观众。

从事电视工作时就更功利了，人也只有两种，“有”购买能力的人和“没有”购买能力的人。电视节目只要做给有购买能力的人看，因为电视节目是为广告客户做的。这些功利的理由我都懂，但是我更明白电影和电视存在的价值和目的，当然不只这些数字而已。一旦违反了某些核心价值，我就会立刻递出辞呈，不再虚度光阴留恋高位。

在一场关于台湾电影未来发展的演讲会上，一个来自高科技制造业的投资者列了一个表格，表格上将几位老中青三代导演分了等级：票房一亿元以上的，票房五千万元以上的，还有票房一千万元以上的。不管这些导演是先来后到，或是拍了多少部电影，或者擅长拍哪一类电影，对习惯加工制造的经营者而言，生产后的利润才是重点，导演只是协助生产的工具罢了。人，只是生产用的工具；利润，才是最后目的。

轮到我上台演讲时，我只是淡淡地反驳说，那些被列在同一个等级的导演其实是完全不一样的导演，而且电影不只是制造业，它比制造业复杂多了，它涵盖各项艺术，能反映社会心理和集体情绪，它是充满创意和文化的行业。

就是因为长期在这样充满了竞争和功利的行业中工作，我才更加明白“过度功利”的危险。它将使人彻底成为“可用”或是“不可用”的工具，人与人的关系只存在一种行为，那就是交易，买卖过后，用过即丢！人也将失去作为工具和生产之外的所有可能性；每件事物也都会自动转化成市场机制中的精准数字，每件事物也都将失去作为商品数字以外的任何价值和意义。

功利的基本原则只有利己，没有利他的可能，这就是功利所造成社会最大的危机。功利的极致，只有埋葬社会的正义和公平，只有视道德和伦理如粪土。

一个不懂得利他的社会，就不会有人与人之间真诚的相互扶持和关怀，也不会有那么多自动自发的善行和义举，更不会有那么多非营利组织和各种社会运动的诞生。公民社会的形成，是靠着公民的自觉和利他的思想，借着大家关怀公共议题，关心整体社会的未来发展，社会才有可能更进化和进步。

所以，如果你问我功利有什么不对?

对于个人，我无话可说，那只是个人的选择。但是，当整个社会、家庭、学校、企业都弥漫着功利思想时，它将使我们的社会失去更多更珍贵、更核心的价值，也失去了成为一个更进步的社会的可能。

没钱补习的小孩长大了

有位事业有成的企业家捐钱给他的大学母校，当作鼓励清寒学生的奖学金。他说，他来自一个清寒的家庭，一路都是靠着清寒奖学金读到这所名校，连去外国深造靠的都是奖学金。可是这几年他却发现，来申请清寒奖学金的人越来越少了，理由是穷人家孩子没钱补习，能考上名校的人越来越少了。

补习是为了考上名校，读名校一定会比较有出路吗?

我从小到大，除了读小学时被迫留下来“恶补”以外，一路读书都没有参加过任何补习，包括去老师家或是到补习班。理由很简单，家里拿不出补习费，其实是连学费都拿不出来。爸爸会告诫我们说，如果没有拿到学校的清寒奖学金，他要去向朋友借钱替我们交学杂费。我们连教科书都买不起新的，开学前要去牯岭街的旧书摊找旧书，往往因为内容修正，上课时还捧着和别人不一样内容的课本，被老师叫起来读课本时引来哄堂大笑。

我想，那样的年代像我这样的小孩是占了大多数。

小学五年级交不出补习费时，导师会讽刺我说：“你的便当里还有菜嘛，所以你们家不会没有钱的。你看老师的便当只有萝卜干，你的还有蛋有肉？”

后来我考上第一志愿的万华初中时，才发现班上同学的家庭背景都很不错，而且个个都在老师家或是补习班补习，我正式进入没有去补习的上课日子。一年级还能勉强保持前十名，而且排在我前面的同学都没有去申请清寒奖学金，因为他们的家境都还不错，结果还是我拿到了一笔清寒奖学金。

上了初二之后，我发现有去老师家补习数学的同学，都会在考试前先到老师家写一遍相同的考卷。面对很难的数学考题，眼看四周同学奋笔疾书，频频大呼简单，我经常是大汗滴湿了考卷，欲哭无泪。老师发考卷时，还刻意将我的考卷丢在地上要我捡起来。我当时是班长，也是全校被最高票选出来的模范生，只因为没有去老师家补习就得受这样的羞辱?

我一气之下，从此只要是数学课就请公假，反正我有做不完的“公共事务”。从此我的功课一落千丈，联考时一败涂地；从此考试的噩梦如影随形地跟了我一辈子，噩梦里全是考卷发下来一个字都看不懂的惊恐。

上了高中后，我还是没有去补习。还好，我运气不坏，联考考得不错。为了赌这一口讨厌补习的气，我连考托福，都没去补习班补习。结果勉强过了关，还申请到奖学金。

我把对补习厌恶和恐惧的心情传染给我的两个孩子，所以他们也都和班上同学不一样，没有进过任何一间补习班，当然他们不补习的理由和我小时候不一样了。记忆中，女儿读初中时，同学半夜打电话给她，听到她已经睡觉了，都不可思议地说："我才补习回到家里。"

没错，没有去补习的时间，其实也没有多做什么，只是让学习和生活的步调放慢一点而已。如果说下课没有继续去补习有什么好处，就是上课会很专心听讲，剩下的时间好好写功课和参加一些社团活动。我的两个孩子就是用这样的态度读完所有该读的课业。

最近几个朋友聚在一起，聊起了台湾贫富差距越来越大的问题，对于住在偏乡的弱势孩子无法得到足够的教育资源感到很忧心。于是有人提议成立协会，有计划地协助当地的某些机构给孩子们补习，而我们在座的朋友们都要参加。

没有钱补习的小孩长大了，他们要去帮这些没有钱补习的孩子。

这是一种社会公益。

家园已毁，我们为什么还要生孩子

一个以维护台湾生态为目标的团体成员，正聚集在一条河流旁湿地的棚子底下，交换这几年跑遍全台湾，串联当地社区朋友们守护这片土地的心得，有个朋友正唱着歌："祖先仔放下的土地，迄今不敢违背，天和地，花和草，人所爱的命是啥货？"

但是，一个长期关注台湾文化和土地的长辈忽然很悲愤地问大家："我们为什么还要生孩子？整个环境已经被我们破坏成这样了，我们还留下沉重的债务等着下一代来扛。我们凭什么让孩子诞生在这里？"

原本欢乐的场面顿时鸦雀无声，只剩棚子上面稀稀落落的雨滴声。是啊，我们凭什么拥有下一代？我们本身都活得如此不安和狼狈了，我们能给下一代什么保障和承诺？虽然过去已经有很多人先后站出来，针对他们所知道的各种危险和破坏提出呼吁，甚至于抗争，想挽救不断向下沉沦的环境，但是却阻挡不了一场可能让台湾万劫不复的大浩劫，那就是已经吵了二十年的"核四"。

邻近北台湾人口最密集的都市旁边，有一个具有毁灭性的生态浩劫静静地等着启动，那就是不断传出许多不可思议事故的核四发电厂。当越来越多人知道了核四可怕的真相后，恐惧就像瘟疫般感染着每一个在台湾的人。尤其是在日本的福岛事件之后，所有相关核电安全的保证，都成了天大的谎言。

核四的真相就是，我们的当局根本没有能力收拾目前核四厂已经荒腔走板的残局，眼见反核声浪不断升高，匆忙丢出一个门槛极高的烟雾弹叫作“核四公投”，想一举消灭一切批评、质疑、反对的声浪！这个举动更加激怒最了解核四真相的反核团体，也更激发许多沉默的群众站出来，这是从来不愿意诚实面对问题的当局始料未及的。

如果环境允许，大部分的人都会想在自己的故乡落地生根，繁衍子子孙孙，这是一种本能和天性。近两年来，车上和街上明显多了很多婴儿车，还有很多被父母紧紧包裹着的初生儿。每当有推着婴儿车的母亲搭上大众运输工具时，都可以见到一些起身让座，或是主动让出空间的乘客，气氛立刻变得有点欢乐，因为那正是我们的下一代啊！

还有那些小心翼翼陪着孩子读书的父母，在学校门口引颈盼望的景象，每天都在每一所学校的门口发生。更有那些正值生命勃发，原本应该勇往直前的青少年，开始惊觉到这个并不友善的大环境，正虎视眈眈地迎接他们时，他们的茫然和彷徨与日俱增。现在，一个致命的大灾难将随时启动，我们这些被称作长辈或大人的，怎么能够视而不见、装聋作哑？

一个原本充满悲剧历史的岛屿，在前人的牺牲奉献下扭转了悲情命运，奇迹式地让台湾迈向一个自由民主、丰富多元包容的社会，我们何其幸运地承接了这个甜美的果实。但是我们又何其不幸地将亲眼目睹这个社会在我们这一代人的无能和无知中摧毁殆尽。

五年多前，台湾第二次政党轮替，台湾人民选出马英九先生为领导人，在就职典礼上，马英九曾经这样说："英九虽然不是在台湾出生，但台湾是我成长的故乡，是我亲人埋骨的所在。我尤其感念台湾社会对我这样一个战后新移民的包容之义、栽培之恩与拥抱之情。我义无反顾，别无悬念，只有勇往直前，全力以赴！"

当时这段话感动了不少人。四年任期过后，在多灾多难的艰困气氛里，台湾人民继续用选票让马英九连任，可见得善良包容的台湾人民对马英九所领导的团队有多么殷切的期待。希望马英九在这个攸关大部分台湾人生死存亡的关键时刻，做出最智慧和有魄力的决定，立刻宣布停建核四，因为状况百出的核四会给台湾带来一场永远无法复原的大浩劫。这将是马英九在台湾历史上留名的绝佳时机。

如果不停建核四，我们如何能拥有"非核家园"？因为当我们在迈向"非核家园"的漫长过程中已经先失去了家园，家园已毁，我们为什么还要生孩子？请让我们能安心陪伴着子子孙孙，继续生活在这个来之不易的美丽、丰富又温暖的家园，这是无可取代的、我们永远的故乡。

在没有英雄的年代里，我只想做一个人

“纪录片健检工作坊”的第三天下午，台上正在作报告的是“梦想 DNA——华语演唱会走向世界之路”的工作团队。

工作坊老师之一、来自大陆的导演应亮首先发言。我接在应亮导演后面，从香港这个“社会运动”角度，说出我对这部拍摄演唱会的纪录片的意见。我从诗人北岛的诗说起。北岛的诗是这样写的：“也许最后的时刻到了　我没有留下遗嘱　只留下笔给我的母亲　我并不是英雄　在没有英雄的年代里　我只想做一个人”。

“梦想 DNA”纪录片中有一段引起了我的兴趣。在五月天的演唱会开始前，演唱会的制作人不断问着阿信一句话：“什么时候可以放‘人’进来？”我们看到，当“人们”从四面八方拥进演唱会场时，被加快速度播放的人们，看起来如蚂蚁般的渺小、脆弱。因此我建议导演不妨从这样的角度去思考：“在没有英雄的年代里，只想做个人是什么意思？人应该有的条件又是什么？演唱会又能给人带来什么鼓舞和抚慰？五月天的自觉和社会关怀，为何不同于其他的艺人和歌手？是一种自我觉醒，或是其他理由？”

我说得有点激动，因为在台北即将有一场由学生们和社运团体发起的大游行，这几年这样的游行已经很少了。于是，我想起二十六年前的一件往事……

那年冬天，我和几个电影工作者飞到韩国的雪岳山，去寻找有雪景的地方作为下一部电影的拍摄场景。回程时，在首尔碰上了韩国大学生非常大规模的示威游行，抗议韩国警察刑求一名大学生朴钟哲致死。那是一九八七年，军事强人全斗焕独裁统治着韩国的最后一年。

那个时代，剽悍的韩国大学生总是站在对抗极权统治的第一线，手段相当激烈，终于导致这样的悲剧发生。元月七日近中午时分，我们行经南大门，韩国大学生们身上戴着孝，遇到经过的路人便发着印有朴钟哲遗像的传单，全副武装的韩国镇暴警察毫不留情地用催泪瓦斯对付游行队伍，连路过的行人也四处躲藏。下午两点整，经过示威游行现场的车子一起发出喇叭声表示声援学生，我们也被催泪瓦斯喷得蹲在地上想吐，然后也跟着高声呐喊，像是从台湾赶来参加示威游行一样。

回到旅馆打开电视机，想看看韩国的媒体如何报道这件事情。有一名外国记者访问一名韩国公务员，问他为什么愿意为独裁政权服务，公务员的回答让我至今难忘——他说，他不是为独裁政权服务，他是为韩国的未来努力工作。他说，只要大家都肯努力工作，让韩国成为一个更进步更现代化的国家，独裁者自然无法立足于这样的国家，他们迟早会被人民唾弃。

那年七月，台湾当局也宣布了解除戒严令，台湾社会比韩国更早跨入民主自由的政治，二十六年过去了，韩国果然奋起直追，在许多领域大步超过了台湾。我总会想到二十六年前，目睹在催泪瓦斯下继续勇敢挺进的韩国大学生们，还有韩国公务员那一席动人的谈话，这真是一种意志的考验，也是一种志气的展现。

“纪录片健检工作坊”的第四天下午。正在报告的是“25 公尺的泳气”，三个还在大学读书的女学生看来有点紧张，她们想知道要如何诱导那些小学生说出更多精彩的内容。另一个老师是来自立陶宛的年轻制片人妲内，她建议说：“想要‘得’的唯一好方法，就是要能先‘给’。”她举了一个法国导演拍摄关于小孩子纪录片的例子，说导演要先花很多时间陪孩子们去看电影、去玩耍，彼此混得很熟，取得信任了，才逐步进行拍摄。

在台北的大游行已经开始了，朋友用简讯回报说，人数比预期的多了好几倍，而且有非常非常多的大学生和年轻人！“年轻人不是好欺负的！”朋友这样写着。

韩国社会能有今天的进步，因为大学生总是扮演改革的先锋。年轻人，当现实社会中大魔头的脚已经踩在你的脸上时，别以为那是在玩线上游戏，你要大声地喊：“痛！”不然大魔头会用脚踩扁你的脸！

他们是人，他们不危险

柯一正导演因为在凯达格兰大道上演出“我是人，我反核”的快闪行动后，接到警察局以他违反了“刑法”第一八五条公共危险罪的传票，要他到警察局说明；同时接到传票的还有作家骆以军和另外三个女生。

据说这三个女生是在快闪后闪错了方向，进了公园，被警察拦下来盘问姓名和住址。这三个女生向警察解释，她们是路过凯道，看到有人忽然躺下，觉得“有趣”也跟着躺下，所以也跟着接到了传票。参加这个快闪行动的共有六十个人，被媒体曝光的还有电影导演戴立忍、吴乙峰、陈玉勋和女作家爱亚。

公共危险罪是极严重的罪，可大可小，最重是无期徒刑。这样的大动作对付作家和导演们，瞬间将时光倒退到三十年前的戒严时期，再加上媒体揭露税务部门对柯一正的两家公司同时表达了“关切”之意，于是所有媒体几乎一面倒地对这件事提出最严厉的指责，市长也立刻表达对这件事的重视，于是警方的态度也像“快闪行动”一般，有了闪电式的改变，立刻打电话通知所有接到传票的人都不要去警察局报到了。一度还因为无法通知到当事人而打给吴念真，请他转告柯一正。

许多人在脸书上反映，如果警方没有“快闪”地改变主意，会有更多人计划要陪着他们一起去警察局报到，也“极有可能”在警察局门口再躺出一个更大的“人”字。到时候，所有电视台和其他媒体都会在警察局门口转播这个更大的“人”字，以这些导演和作家的敏感身份，这件事将有可能会成为一条“国际趣闻”，台湾的人权和言论自由评等也会快速下降，可是反核的力量将会得到国际环保团体的重视。

当初我看到这六十个人能在同一天躺在三个地点，而且是在凯达格兰大道红灯时赶快躺下喊口号，内心除了深深的感动之外，还有满满的敬佩。我相信这一定是极随性、极临时、极机密，却极有计划的。“极有计划”并不表示他们是有“严密”的组织和领导，但是所有被召唤来的人，都是有勇气和共同信仰的，这才是快闪族的精神，是一种最不打扰别人的幽默行为。正如骆以军写的，当时他“躺在那短暂红灯净空的地面上，看着蓝天，心里其实是温柔的、快乐的、调皮的……因为这不是八十年代以前的台湾了……这是一段很长的文明之途”。

六十个电影艺文创作者躺在凯达格兰大道上排成个“人”字，那是多么该替现代的、进步的台湾感到骄傲的画面?

一个在知道自己罹患了癌症后，反而乐观地号召他的儿童剧团，花了五年的时间完成全岛三一九个乡镇的演出，只为了能换到台湾孩子们笑容的人，怎么会危险？当拍完一部有迷你猪演出的电影后，再也不敢吃猪肉的导演，怎么会危险？一个在拍完关注弱势小人物的电影，得到最佳影片的导演，会在第一时间暂时放下自己的拍片计划，去帮助因为都更计划被毁了家园的同胞，怎么会危险？一个在“九二一”大地震发生后，决定将公司迁到最严重的灾区，用五年的时间蹲点拍摄纪录片，并且协助当地居民重建信心，最后导致自己精神耗弱的人，怎么会危险？一个单亲妈妈靠着一支笔，一个字一个字地写出动人的文学作品，养活了三个艺术家的孩子，怎么会危险？其他还有包括我那个傻蛋儿子在内的许多人，我都认识，他们都是老实善良、关怀社会的小老百姓，他们一点都不危险！

真正危险的，是那些将六十个人躺着的土地当作商品，炒作得下一代年轻人永远也住不起房子的人！真正危险的，是那些“合法”玩弄着金钱游戏，像吸血鬼一样，一点一滴吸干贫穷小老百姓原本就少得可怜的钱财的人！真正危险的，是那些制造和协助贩卖黑心商品、发黑心财的人。

拜托，给他们一张公共危险罪的传票吧！他们值得。

我不是笨，我只是不忍心

星期日上午九点钟整，我们一行五人，由妹婿驾车出发去万里扫墓。

我们也相约扫墓后，要去一家位于台大活动中心的餐厅吃顿午餐，为大姊庆生，借此顺便聚聚。自从妹妹走后，我们每年也都只能借由这种庆典或纪念日的时候，和妹妹留下来的孩子莉奈公主聚聚。一晃也十二年了，莉奈公主从当时的小学毕业生成了大学毕业生。

忘了从哪一年开始，莉奈公主开始写故事、讲故事，慢慢建构起一个非常庞大的虚拟世界，而这个虚拟世界中的人物，却都是由真实世界的相关人物来扮演。就像万里山区的大雾一般，莉奈公主写的"疯狂村"也带着谜一般的情调，而她讲故事的口吻酷似她的外婆，我们都认为莉奈公主得到我们妈妈讲故事的真传。在过往单调而苦闷的岁月，妈妈也是借着一个又一个没完没了的故事，从残酷悲苦的现实生活中暂时逃离。

扫墓后，我们坐在预订的餐厅点菜，二姊提议每个人来回忆一下妈妈生前对我们说过的话。

大姊回忆说，爸爸告别式的那天，有一个最应该来给爸爸鞠躬的人竟然缺席了，爸爸生前曾经给过他很多的帮忙，当时大姊忍不住对着妈妈一直抱怨，妈妈却云淡风轻地说，那个人一定是自己过得很不好，不想在众人面前露脸，其实最可怜的是他自己啊，别再提这件小事了。大姊的结论是，妈妈心胸宽大而仁慈，总是能替别人着想。

二姊回忆说，妈妈在非常悲伤的心情下，望着窗外的一片绿意盎然，叹口气说："真没有想到我的晚年可以住在这么好的地方，我真是太幸福了。"二姊说，通常人在很衰弱、不舒服时，都很容易想到很坏的事情，可是妈妈却想到很多幸福和愉快的事情，对这一切都充满了感念之心。

妹婿忽然说了一件我们从来不知道的事情。他说妈妈在要走的前几天，忽然对他吩咐说："你一定要好好善待你的女儿啊，她是失去母亲的孩子，失去母亲的孩子最可怜。"因为妈妈就是在很小的时候失去母亲的，她和后妈相处得很不好，最后才决定离家出走。妹婿在妈妈跟前向她保证，他会尽一切力量照顾莉奈公主，不管是物质或是精神上。这十二年来，妹婿耗尽了自己所有的心神和气力，守住他对岳母的承诺，将莉奈公主安全顺利地带大。

我在床边替妈妈按摩或是陪着妈妈聊天时，妈妈对我重复说着她对人生的许多想法。她说很多年前，隔壁邻居的年轻妈妈过世了，留下几个年幼的孩子没人照顾。妈妈天天都去替那一家人买菜、烧饭、洗衣，爸爸常常抱怨妈妈不顾自己的家。邻居的男主人对妈妈说，等他找到了用人之后，妈妈就可以不用来帮忙了。爸爸痛骂妈妈说：

“你那么好心，他却把你当用人看待，你真的是世界上最笨、最蠢的女人了。”

妈妈在她临终前回忆着这件事情，淡淡地苦笑说：“我不是笨，我只是不忍心。”

越老越要爱这个世界

我们一行人，来到了宜兰火车站前面的丢丢当铁树森林底下的百果树红砖屋。

这些年每次造访宜兰，宜兰都会带给我相同的宁静安详和一些不同的惊喜，没想到，这次的惊喜比过去任何一次都大。原来丢丢当铁树森林底下被列为古迹的红砖屋终于有了新的面貌，新的主人竟然是国宝级作家黄春明，他和一群热心的朋友们接手了这间古迹，想建立一个给孩子可以固定来看儿童剧的地方，也可以成为另一个传播文化的地点。

过去每次到宜兰，都会忍不住去火车站前黄声远设计的丢丢当铁树森林附近逛逛，连红砖屋前面的那九只黑色流浪狗我都熟识了。那九只已经有组织的黑色流浪狗，有时前前后后排列着在阳光下晃荡，有时干脆一起躺在红砖屋前面睡个午觉。曾经走进红砖屋想买些纪念品，但往往空手离开，这儿就像自家的后花园，又不是观光客，没什么纪念品好买。

客人稀少的红砖屋配上九只流浪狗，那种懒洋洋带点缓慢的感觉，一直是我对丢丢当铁树森林的印象。可是改头换面变成黄春明讲故事的百果树红砖屋之后，人忽然多了起来，渐渐成为一个有趣的文学景点。那天下午，我们几个大人像小学生一样，坐在用小学生课桌椅合成的近舞台位子上，欣赏儿童剧团的表演，聆听穿着黑色厨师围兜的黄春明讲他的童话故事。

百果树红砖屋中央有一棵巨大的百果树，树下是一张张可以让观众围坐喝咖啡或是用简餐的桌子，前排有给孩子们坐着听故事的小凳子，这天是座无虚席，整间屋子挤满了人。新上手的义工忙着给每一桌客人端茶、端食物，穿梭在大人和孩子之间还算是利落。

我静静看着那些正专心听黄春明爷爷说故事的孩子们，他们有些斜斜地倚靠在父母身上，有些忍不住趴在舞台前想拆穿什么把戏似的捣蛋。当下我问自己，还有比这更幸福的画面吗？我们不必在一些大文豪的作品陈列馆，或是文学家的故居内外徘徊，想象着文学家的心路历程。我们的大文豪正在屋子里给小孩子们说故事呢！

学生时代除了读一些翻译的外国小说外，中国的乡土文学作品和现代主义小说是当时少数能从自己文学土壤里得到的养分，所以当我们一旦有机会将文学作品改编成电影时，第一个想到的就是黄春明的小说，三段式的电影《儿子的大玩偶》也成了台湾电影转型关键时期的里程碑。后来我在电视台工作时，又继续改编黄春明的最新文学作品，也追随黄春明的脚步给孩子们创作一系列的童话故事。

黄春明见到我，笑吟吟地对我说：“正想找你来为孩子们说故事。”我当下就答应了，并且愿意在宜兰多留一个晚上。

掀开厚厚的窗帘，兰阳平原的雨依旧细细密密地下着，据说这阵子的雨都是这样的。我是昨天晚上百果树红砖屋的说书人，说完故事后，在宜兰员山优胜美地音乐民宿过了一夜，不忍立刻离开宜兰。

民宿里的旅客们都已经先行离去了，我打理一下自己和简单的背包，推门走到了客厅。静静的客厅里，两只巨大的玩具熊伴着白色的钢琴，仿佛一场演奏会刚刚结束。这家民宿的主人很喜欢音乐，白色的钢琴常常传出美妙的琴音。女主人见我走出来便笑嘻嘻地说，昨天晚上还在电视节目上看到我，不过她没有看完就睡着了，她说每天晚上都是这样睡着的。看着电视上那些人说三道四的，听着滴在屋檐的雨声，拖着工作了一天的疲惫身心沉沉睡着，明天又是全新的一天，全新的旅客，全新的雨。

女主人在餐桌上放了宜兰的小吃当早点，然后启动音乐。她说："吃完早点就送你去百果树红砖屋和黄老师碰面，他会在那儿等你喝咖啡。"悠扬的童音如天籁般齐声响起，是罗大佑的《童年》，北京天使合唱团的合唱专辑之一。

音乐真是奇妙的东西，它瞬间将人引入一种无法自拔的怀想思念里——《泼水歌》《快乐地向前走》《西风的话》《露莎兰》，过往的时间压缩成一个舞蹈歌唱的天使，将我带回到学生时代拿着音乐课本学唱歌的时代，或是参加"救国团"活动的无敌青春。

我忽然有点不忍离去，不忍离开那早已远扬的懵懂青春。我告诉自己，听完了最后一首歌，就像老师点完名一样，再起身离去吧。

黄春明像是守着故事屋、等着给孩子说故事的守门人，他果然准时在百果树红砖屋等着我，小小的舞台上已经架起了说故事的道具，今天的故事是黄春明的童话《短鼻象》。

黄春明望着屋外越下越密的雨，有点忧心地说，很多人会因为这场雨临时取消来这里听故事。我们在空荡荡的屋子里喝着咖啡，黄春明启动的话题是人类随着医药的发达，拖延了在世上的寿命，所以要懂得自爱，要做个可爱的银发族。我回应说，越老越要爱这个世界，越老越要为孩子们做点什么。这时，黄春明忽然接到一通电话，是一个以两岸高中生为主的文化探索团要过来这里，想下车参观一下百果树红砖屋，打通电话试试运气。黄春明说："就过来吧，欢迎。我正在这里。"

三分钟后，一辆大型游览车停在红砖屋的门口，一群像麻雀般的高中生叽叽喳喳、湿答答地拥了进来，领队的两位老师发现我和黄春明都在，很开心地对学生们宣布："一次巧遇两位台湾作家，看来要更改原定的参观行程了。"

原本还担心会冷清的早上，因为这群七八十只麻雀忽然飞进来，大家开始抢购黄春明的著作，要作家的亲笔签名。原本清静的屋子被弄得天翻地覆好不热闹。有位来自大陆的高中女生看着我在一张面纸上写了一个字，很崇拜地问我说："这张面纸送我好吗？"

当一切恢复安静，这些意外闯进来的麻雀们，就跟着宜兰的孩童们一起聆听黄爷爷讲故事，我也只好临时改变原本的行程，继续留下来充当临时的助教了。

外面的雨不知道在什么时候停了，这是多么美好的人生一瞬。

每个人都有自己的新故乡动员令

我从游泳池爬出来，好好地冲洗了自己的身体，匆匆买了一罐黑松沙士和一个酸菜包，在赶往目标的途中当晚餐吃。爸爸生前最爱喝黑松沙士，妈妈生前最爱吃酸菜包，我用这样简单的晚餐，随时随地想念着我的父母。

还活在这个世界上的每个人，或许都有自己独特纪念祖先的方式（少数民族称之为祖灵），或许也有接受过对自己的故乡土地付出积极行动的动员令。此刻，我接受到的“新故乡动员令”是：“立刻赶到中正纪念堂自由广场底下，第二次的‘不要核四，五六运动’在下午六点准时开始！”女歌手巴奈和她的搭档那布已经主动从台东赶到现场，参加这个由“我是人，我反核”小组所启动的公民运动了，我这次临时被指派的任务便是介绍这两位歌手出场。

星期五下午六点正是交通最繁忙的时刻，司机踩着油门和刹车时都很猛，我喝了一口沙士差点喷了出来。不过这样也好，这样的感觉比较像是“紧急动员令”！在我们的设计中，这个定时定点的活动一开始由全联先生带现场群众做反核操，然后安排演讲、演唱、剧场、文学朗诵等活动，最后有核溜拳比赛和公民论坛，所有的活动都是随机应变，让整个活动像是一个有机体，让参与的人都有一种能影响这个正在发展的公民运动的成就感。

七点钟，我介绍巴奈和那布出场，我先说了中正纪念堂在二十年前有九只和平鸽迷路的故事，然后我表示这一年尽量不接演讲，我接受这个“动员令”，让自己只在这个自由广场定时出现。巴奈和那布搭档献唱了他们最有名的《也许有一天》，当巴奈唱道：“也许有一天，有一天能跟随你的脚步，踏上遥远的回家的路，让风吹着你的长发，让眼泪尽情地流下，歌尽情尽情地唱呀，回家吧，回家。”当那布用布农人的古调和布农人报战功的方式，几乎是呐喊和怒吼的腔调，像是合音般搭配着巴奈的歌声，在场五百多人都受到极大震撼和感动。

布农人男人在报战功时一定会提到自己的出生，自己母亲的氏族名称。那布的诉说中有一段是这样的：“虽然我不曾随着父兄出征，但是还好能回到故乡，拿回泥土，请你还我土地，让我们重建家园。”这正是巴奈和那布对自己族人所发出的“还我土地，重建家园”的“新故乡动员令”。

在台湾的每个人都可以发出自己的“新故乡动员令”，也可以接受别人所发出的“新故乡动员令”，这个概念当初是由中时调查访问室向纸风车文教基金会提出来，双方决定一起来执行。

纸风车文教基金会在二〇一一年年底，完成了从二〇〇六年启动的“孩子的第一英里路——三一九乡村儿童艺术工程”后，整个社会都期待着何时能有“孩子的第二英里路”。“新故乡动员令”便是从这样“第二英里路”的概念出发。吴念真和我轮流在大鲁文创的风声网络广播节目中，访问那些留在自己故乡默默推动着“维护故乡自然环境”，或是“保护传统历史和文化”的平民百姓，然后通过《中国时报》和雅虎新闻专栏，分别报道这些动人的故事。

这些故事告诉每一个生活在台湾的人，在自由民主已经有了基础的台湾社会，千万不要低估“一个人”的力量，也千万不要轻视自己对故乡的影响力。我曾经将这样的观念一再传播给下一代的年轻人，我对他们说：“我们不能因为对权势心怀敬畏，反而低估了自己的价值！要努力让自己成为一个有力量的人，相信这个世界会因为有你的存在而更好！”

每个人都有自己的新故乡动员令，或许这就是当初“新故乡动员令”最希望的结果。毫无疑问，一个完全不同于过去、不接受任何政治力量介入的“新公民运动”已经开始了，而且年轻人将扮演最重要的角色，它即将改变台湾的未来。

辑　五

世界虽然残酷，我们还是有机会绽放自我

爸爸常说，人活着就是阿拉伯数字的“1”，死了就是汉字的“一”。

我仿佛听到弟弟像梦魇般地自言自语着：“我们只有两种选择，一种是，我们抱着一起跳海；一种是，我们好好地活下去，爸爸会每天练功，陪你走到人生的尽头……”

寂寞的皇帝

写给沉着勇敢迎向滔天巨浪的你

灯在，人就在

你搭过船吗？我指的不是在湖上泛舟的那种小艇，而是在漫无边际的大海中航行的船，不管是渔船或是军舰。我喜欢山，更喜欢海，我喜欢航行在大海中那种迎向未知的兴奋和带点冒险的感觉，就像我们面对未知的人生一样。

下午四点半，邮轮启动了，港口的风又冷又大，全全爬上了九楼甲板。他静静地坐在甲板的角落，他要一直看着邮轮起锚、启动，离开加文斯敦岛。他非常固执地坐在这个位置，他一定要有一种清楚的确定感，这会让他感到非常安全。

不久，他因为吹了太多海风而生病了。在我们三个男生共用的船舱里，全全的地盘是那张大床以外的部分，还有一个可以看海的包厢，包厢有圆圆的窗，有桌椅，包厢的墙上是一幅佛罗里达半岛附近海域的地图。全全喜欢在夜里看着海，夜里的海洋偶有别的船上的微弱灯火，很孤寂，就像他的心境。海浪银白，波涛汹涌，亦如他的心情。他说他是星际大战中的皇帝。

这是海上航行的第一天，黑夜，很快就降临了。全全发烧了，他拒绝和我们去餐厅吃正式的晚餐。全全的生理时钟非常固定，早餐是十一点，晚餐是下午六点以后，洗澡要在十点钟。

夜晚十点到了，是全全洗澡的时间。弟弟的双手因为触碰肥皂大多都裂开了，但他还是得帮全全洗澡。阿亮也生病了，因气管发炎，整个晚上咳嗽不止。弟弟成了更多人的照顾者，忙进忙出的。他曾经说，他一定不能倒下。

全全随身带来的家私很多，包括棉被、床垫和枕头。他带来的东西里最引我注意的是一本日历。到了深夜十二点，他便撕去一页，会提醒别人说，现在已经是今天，不是明天。通常，我们习惯入睡后醒来，天亮了才是今天。十二点整，是今天了，全全拉开玻璃门到外面的包厢去看海，正好有一艘反方向的邮轮和我们这艘邮轮擦肩而过，全全看得目不转睛。

对寂寞的全全而言，一天的开始是漫漫的黑夜，众人皆睡他独醒。他已经开始了属于他的一天，没有太多人能了解的一天。他趴着看有关历史和地理的书，打电游，没有太多人知道他的情绪。或许，最陌生的，反而是他自己。

我们的房间位于船尾六楼，躺着时肩膀处会有一种船航行海上的震动。那种震动像是外来的按摩，是忍受，也是享受。在船舱里，弟弟的床头灯保持亮着，隔着布帘的全全，要非常确定他爸爸正躺在一帘之隔的床上。灯亮着，表示人在。在拉法叶红豆屋厨房角落放着电脑的那张小桌子，在夜里都是亮着的，电脑也都开着，我终于明白那代表的意思了。灯在，人就在，因为，“今天”已经开始了。

被绵绵的话语紧紧包裹着

弟弟戴着眼罩在亮着的灯旁边睡觉。临睡前，他习惯和全全聊天。所谓聊天，是弟弟一个人的喃喃自语，说着这一天发生的大大小小的琐事，例如在休斯敦旅馆早上八点的那通电话是谁打来的，对方说了什么，他又回答了什么。弟弟告诉全全说他们是表兄妹的关系，也就是她的爸爸是他的舅舅，表妹的先生是从越南来的华侨，他们夫妻曾经一起开过餐厅，非常辛苦，没日没夜没假期地工作着。弟弟跟全全说，“越战”你是知道的，很多越南人就是在那个时候逃来美国的。

弟弟极有耐心地说着这些生活中刚刚才发生的所有事情，全全通过他爸爸这样的描述，接触到外面真实的世界，那是他最不擅长打交道、互动、属于一般人的世界。

全全一定非常需要，甚至渴望这种被绵绵的话语声紧密包裹着的感觉，就像初生婴儿被厚厚的衣服和被子包裹着，紧紧地塞在婴儿车里面的那种安全感。那种低沉的、连续的、规律的、没有情绪起伏的声音，那种像火车驶过，像飞机飞过，可以让人安眠，亦可以让人遥想远方的声音。

这种声音我们五个兄弟姊妹并不陌生，母亲在可能的每个夜晚就是用一个接一个的故事，化成这样的声音紧紧包裹着我们，让我们能安眠，或揣想着遥远的天涯海角。许多年之后，我在异国的火车站听到那种嗡嗡有着回音的广播声，忽然湿了眼眶，忍不住站立在火车站的大厅广场中，心里大声地呼叫着：啊，妈妈。

弟弟戴着眼罩睡着时的表情看起来很辛苦，像是一匹小心翼翼走在吊桥上的蒙眼马。他有睡眠呼吸中止症，严重时曾经要戴上下巴护套。他张开嘴巴用力地呼吸着，他的嘴张得很大，仿佛想对老天问些什么；也像是溺水时，浮出水面短暂的呼吸。

我想起过去和弟弟在成长阶段，两人一直睡着上下铺。虽然我们相差五岁半，但弟弟是个很早熟的少年，我们竟然能无所不谈，也知道彼此最多的隐私，甚至还曾经被同一个女生喜欢，兄弟俩还为此理性地讨论要如何“处理”这段感情。

直到我们各自长大成家立业之后，大姊还一直保留着那张粗糙却牢固的半套铁床舍不得丢弃，我一度觉得她节省得近乎夸张，那样一张早已生了锈、掉了漆的旧铁床，过去她也从来没有睡过。

现在，我终于完全相信，大姊在乎的是那张上下铺铁床所象征的意义了，因为它曾经躺着她的两个弟弟青春年轻的身躯。我曾经以为作为家中老大的大姊，是个坚强到近乎固执不近人情的人，她为了维持家中老大的榜样和模范，除了读书和考试，心无旁骛地勇赴人生每个战场。老了以后，我才发现大姊的念旧和脆弱，远远超过我们几个弟妹。

我从未见过大姊伤心甚至哭泣的模样。三妹的早逝，让大姊躲在房间里痛哭失声，吓坏了她的孩子。老爸曾经一再叮咛，我们五个孩子在长大的过程中一定要相互扶持、相互照顾、相互提携拉拔，一路行经恶水上的吊桥时，记得要手拉着手向前走，一个都不能少。现在，少了一个，难怪大姊会哭得那么悲伤，因为她是走在吊桥最前面的老大。而这样一趟遥远的美国南方和加勒比海旅行，让我们三个已经有了点年纪的手足相聚，难怪大姊会很有感触地从台湾写了一封长信：“It's wonderful, to have old brother and old sister to have trip and reunion together.”（与年迈的弟妹一起聚会旅行，是多么美好的事情啊！）

梦中自己的鬼魂

弟弟睡着了，我却一直清醒着。我在弟弟的身上，清楚地看到了父亲对孩子们的深情款款和放不下的浓烈情绪，也看到了母亲那种开阔和乐观的人生态度。我仿佛看到我们父母的灵魂，借着弟弟又重现在我的眼前，他们的身影竟是那么真实而清晰。

后来，我也沉沉睡去。我做了一个奇异的梦，回到离开很久很久的童年旧居，魂牵梦萦却再也回不去的竹篱围着的简陋平房。我躺在好久没有躺的木板床上，我对躺在身边的陌生女人说，我正要去加勒比海和墨西哥，我们才刚刚出发，连第一站都还没到，我现在应该在邮轮上的。为何会回到这个家里？在邮轮上到底发生了什么事情？我几乎要哭了。明明在邮轮上只有一天，什么都还没看到，难道是发生了船难，而我是回到童年老家来向亲友告别的鬼魂？

女人起身离去，她只是幽幽地说，这些年你去了海上，没有人知道你的消息，你离开这个家好久了，你现在忽然回家，这个家早就不一样了。女人开始张罗过年的年货，贴着春联，我摸着自己的身体，我到底是人还是鬼？明明我才搭上邮轮的，连第一站都还没到呢。

我在梦里挣扎着，然后惊醒，原来真的只是梦。我果然还在向南航行的邮轮上睡觉。上个厕所，四点三十七分。床在震动，邮轮平稳地航行在墨西哥湾里面，弟弟的鼾声依旧很大，他张嘴呼吸。睡在隔壁的阿亮咳嗽不止，布帘外的全全很安静，他可能也睡着了。鼾声平息，弟弟忽然醒了，他翻身下床，走进布帘里面摸全全的额头，我低声地问他："全全还好吗？"弟弟松口气说："烧终于退了。"

弟弟一整夜像梦游般掀被而起，怕惊动身边的我，钻进布幕里用手测量全全的温度，然后出门上九楼甲板拿热水。阿亮间歇地咳嗽也一再牵动梦游的弟弟走向隔壁喂药和热水。弟弟像个温柔而坚强的老人，喃喃自语，弓着身子在狭窄的空间穿梭。我想起《少年派的奇幻漂流》里的那艘救生艇，少年和四只动物：斑马、猩猩、老虎、鬣狗。弟弟是那个正在惊涛骇浪中摸索前进的少年派吗？

雾锁加文斯敦岛

这一趟漫长的海上航行，我们到达美国国土最南方的西锁岛，在一条白头街上找到了全全想要去的四个地方：美国国土最南端的地标、海明威的故居、动物学家兼画家奥杜邦的住宅和美国总统杜鲁门的小白宫。全全只去这四个地方。全全只喜欢和历史、地理相关的知识，对于生态和古迹并不感兴趣，所以到了墨西哥时，他拒绝上岸。他爱恨分明到近乎固执。

加勒比海之旅的最后一天夜晚，当我们开始收拾行李，按计划明天一大早就要下船时，全全的情绪瞬间转为极痛苦。他比一般人更难以忍受人生中常见的生离死别。他放大了那种情绪，让我们看清人生原本存在的残酷本质。他不肯睡觉，直嚷着说这趟行程结束了，就要回家了，爸爸开学了，他就一个人更寂寞了。弟弟从床上翻身而起，紧紧地抱住正在闹情绪的全全，激动地对全全说："你不是常常说，人要有正面思考吗？你现在被负面思考控制了！我陪你睡觉，陪你说话好吗？"

弟弟从大床上取下棉被，陪着全全躺在地板上，弟弟又开始喃喃自语起来。我仿佛又听到许多许多年前，忧心忡忡的爸爸对着我们五个小孩谆谆告诫的声音，说这个世界是多么的无情而残酷，但是我们一定要咬紧牙关和这个世界及命运搏斗。爸爸总是自己带头不眠不休地加班工作，他常说，人活着就是阿拉伯数字的"1"，死了就是汉字的"一"。我仿佛听到弟弟梦魇般地自言自语着："我们只有两种选择，一种是，我们抱着一起跳海；一种是，我们好好地活下去。爸爸会每天练功，陪你走到人生的尽头。你要相信牧师说的，只要相信，奇迹就会发生。"

我的泪水夺眶而出。我想到了一生委屈不平，总是想和老天讨公道，想和命运拼老命的爸爸，想到他老是拿着菜刀要去砍人。也想到了此时此刻所面临的人生困境比当年的爸爸还巨大难解，但是他竟然能如此泰然，如此无怨无悔地面对。

船在凌晨四点左右就不动了，我发现船的附近全被大雾笼罩着。船靠岸了吗？怎么静悄悄的。全全依旧沉睡着，许多人拖着行李去吃早餐，大孩子抱着小孩子坐在角落，一脸倦容，快乐时光终究要结束了。

不久，船长忽然向全船的旅客报告最新消息，因为海上的雾太浓太大，加文斯敦岛宣布关闭港口，船只能停在海上等待港口的通知。全全醒了，知道奇迹终于发生了，我们又可以继续在船上玩耍了。全全说是我最先发现大雾的，他笑得很开心，他起了一个头说："两只老虎……"我立刻接着唱："两只老虎，跑得快，跑得快，一只没有耳朵，一只没有尾巴，真奇怪，真奇怪。"

全全随着我的儿歌起舞，我和弟弟在童年的村子里被同伴们取了大老虎和小老虎的绰号，我们都是有缺陷、不完美的老虎。虽然我和全全已经多年没有见面，但是他很快就接受了我，只因为他的爸爸常常向他提起在遥远的家乡，那个小小的海岛上还有一只很厉害的"大老虎"。"大老虎"果然很厉害，他最先发现了大雾，于是奇迹就发生了。

只要相信，奇迹就会发生。在休斯敦胡木教会的牧师不是这样说的吗？全全开心地笑了。一趟圆满的海上旅程终于结束在这个奇迹下。

我捡起爸爸掉落的那把刀

多么希望那只是童年做过的一场噩梦。梦中的爸爸下班了，但是浑身上下都散发着酒气，他的表情和肢体就像是笼罩在快要落下暴雨的乌云，他说一年一度的人事升迁公文又公布了，他还是在原地没有被长官升迁。

他总是用“留级”来形容自己一直在原地打转的尴尬状态。年复一年。这一晚，他终于爆发了。他冲进厨房拿了一把菜刀说，同归于尽吧！你们实在欺人太甚了！说完便拿着菜刀冲出门。我不知道爸爸口中的“你们”是指谁，我只知道年幼的自己吓坏了，抓着妈妈的衣角要妈妈去阻止这场悲剧。妈妈轻声地安慰我说，让他去吧，他不敢杀人的，因为那要付出很大的代价，他知道他还有一家人要养。我问妈妈说，如果爸爸真的杀人呢？妈妈幽幽地叹口气说，那就去坐牢吧，我们再想办法。

后来爸爸果然又回家了，只是喝得更醉了，他把菜刀丢在地上，然后大吐特吐，蹲在地上号啕大哭。直到现在，我只要看到有人喝了酒去吐，都会浑身颤抖地想起那一幕。我协助妈妈善后，将爸爸扶起来，让他趴在餐桌上，妈妈用热毛巾替他擦脸，泡了一壶热茶给他喝。妈妈温柔地抚摸着爸爸的背说："我知道你是怀才不遇，那又有什么办法呢？你往好处想，你还有五个那么聪明的孩子，他们长大后会很有出息的。"

"我要他们替我报仇！"爸爸哭着说。

"一定会的。你说是不是啊？大老虎？"妈妈望着正蹲在地上收拾那些酸臭呕吐食物的我说。

我用颤抖的声音回答着："我长大以后会替你报仇的。"

当时我不知道自己说这句话的意思，敌人到底在哪里？我要如何报仇？我只是在心中默默地淌着泪，我明白，爸爸不再是我能依靠的巨人了。我得靠自己。

爸爸一直期待我能成为一个很阳刚凶猛的男人，他曾经用各种方式训练我勇敢，甚至野蛮、残忍，能像个土匪更好。他常常说起当年位于山区的老家四处皆盗匪，平日种田，遇到饥荒就下山行抢。官兵抓到土匪就在县城砍头，小孩子们都喜欢围观，完全是鲁迅笔下的残酷时代。所以从我呱呱坠地之后，爸爸会在他的日记上记录着我各种像土匪的行径，例如抢姊姊的玩具，动手打姊姊，他一面制止，一面却有点沾沾自喜。

他带我去台北近郊的外双溪打猎，那儿曾经是日本人的毒蛇实验场，只要往树林里走进去，大石头上盘着一条百步蛇，大树上垂挂一条青竹丝是常见的。那时候没有禁止百姓使用铅弹的猎枪，我在家的院子里放了些瓶子、罐子练枪法，在树林中打下不少颜色鲜明、现在一定列管的保育鸟类。

爸爸有几个单身汉朋友常常来家里弄些动物来杀，都是现代人喜欢的宠物，只要被他们弄到手，一律杀无赦！虽然爸爸外表冷峻严厉如鹰隼，但内心细腻多情、多愁善感，简直就是《红楼梦》里的贾宝玉再世。他的眼泪之廉价，常常成为妈妈口中的马尿。他喜欢用毛笔抄写《红楼梦》里黛玉的《葬花词》，也迷恋国画中的仕女图。他的心思比一般女人更纤细柔软，但是他觉得，这正是他无法向外征战、拓展事业版图的原因。他不希望自己的儿子像他。

这些都不是噩梦，而是再真实不过的成长回忆。许多年以后，我才懂了，当时还年幼的我，其实已经捡起了那把爸爸掉落的菜刀，想替代爸爸去“砍”那些坏人！那些专走后门的人，那些有特权仗势欺人的人，那些会收受贿赂的贪官污吏，那些专做不公不义的事的坏人。只不过我无法真的挥刀杀人，我只能将刀换成一支写文章的笔，让自己“有如刀笔”。

我终于明白为什么在得知自己获得文学奖的首奖时，竟然激动地跑到医学院实验室的走廊，望着彤云密布的天空高喊着：爸爸，我替你复仇了！我不知道我的敌人在哪里，也不知道我到底杀了谁。我只知道自己如果不这样做，如果不拼命地写，必会被困死在爸爸一直以来感染给孩子们的悲伤和怨气中。

我的作品常常会出现一种两难的困局，也经常出现一种愤愤不平的冲天怒气，故事中的主角常常被自己这样的情绪所逼而走向绝路。小说《封杀》中的小棒球员最后摔倒在奔回本垒的途中，电影《恐怖分子》里的医事检验员，因为没有升迁，最后偷了警察朋友的枪想去杀别人，最后，杀了自己。

我带着一股连自己都无法掌握的愤怒进入社会，回头看自己那时候的照片，双眼杀气腾腾。进入社会工作后，经常遇到自己所厌恶的环境，整个社会到处充斥着乌烟瘴气，鸡鸣狗盗，不公不义的人和事情，正如爸爸所处的那个时代一样。我总是能低声下气，忍辱负重，咬紧牙关静静等待着，等待着一个可以对那些人那些事“大开杀戒”的机会。

记得我还很年轻时，曾经对着一个掌握视听产品检查的公务员大声咆哮说：“记住，我会每天跑长跑锻炼身体，因为我要看到你们垮台。”如果我得到了某些权力，我更是会“大刀阔斧”地改革，毫不手软。

更记得我去电视公司上班时，发现一个家在美国、人离开了工作岗位还占用一间大办公室的人，我打电话到美国给他，告诉他说，请他让出办公室。我挂了电话，大步走在办公室的走廊，内心有着一种澎湃的正义感，一个新的时代来临了！爸爸，你看到了吗？我正在挥舞着你掉落的那把菜刀，勇往直前，毫不退缩。我正在杀坏人！

台湾经历了两次的政党轮替，整个社会被推翻了好几次，你终于开始怀疑，谁才是好人，谁又是坏人？昔日的改革英雄往往成了今日的贪官污吏，曾经寄托的理想瞬间成了梦幻泡影。什么才是永恒不变的真理呢？

于是，我越来越不相信英雄了，我越来越欣赏平凡的小人物，那些在寻常的日子中，默默守着自己的原则、理想，默默活出自己的样貌，默默对社会付出的那些无名百姓了。我很想追随他们的脚步，在平凡无奇的日子里，追求自己和社会最大的幸福。我真的不再向往那种“大开杀戒”和“大刀阔斧”的英雄气概了，我只希望自己能用“游刃有余”的态度，轻松自在地去做自己真正想做的事情，度过自己的余生。

我期待自己每天都能找一点点时间去游泳或是爬山；我期待自己每年都能有一些旅行计划去看看外面的世界；我期待自己的每一天都是崭新的一天；我期待自己不管看到阳光或是遇到下雨都能享受，都能感恩；我更期待自己能将“回馈社会”作为自己的终身志业，只因为我觉得自己从这个社会得到的太多，付出的太少。

我做这些事情，不再是出于责任感或内疚感，更不是来自想替爸爸复仇的恨意。我希望这一切的行动，都是一种欢喜甘愿，一种爱。这样的人生，才会是游刃有余的人生。

你到底想要一个怎样的人生？

我们大学同学会一年召开好几次，每两年还会改选一次同学会的会长。

开始有正式同学会组织的那些年，我因为又恢复了没日没夜的电视台上班工作，错过了一次由同学会所举办的最盛大的学术成果发表会。所谓学术成果发表会，就是由几位在国外颇有学术成就的同学，讲述他们的研究成果；还有一个“另类单元”是给几位“改行”也有点“成就”的同学，讲述他们改行的过程。

那次发表会有点像是毕业后的“成就总体检”，我有幸也被同学会列入属于“另类单元”的报告者之一。结果当时我身陷一场“台湾电视公广集团”史无前例的大烂仗中，缺席了那场最重要的成果发表会，同学们一气之下，干脆推举我当下一届同学会的会长，以作为惩罚。

我当会长的最大功能就是在同学们吃着大餐时，拿着麦克风像小丑般讲些笑话。那一天，我随口说了个“寓意深长”的笑话：“我常常告诉别人说，我们师大生物系的这一班有多么厉害。我们班上唯一在比较解剖课被当掉的同学，后来当上了某医学院大体解剖课的老师；唯一在微生物课被当掉的同学，后来成了大学微生物学的教授；每天翘课追女生，勤练游泳，在学校宿舍里给自己拍裸照，成绩不怎么样的同学，去美国医学院闭门思过几年后，摇身一变，成了美国脑神经科方面的权威，还带领一个美国的医疗团队回台湾，进行一项帕金森最先进的脑部移植手术。

“我们班还有一个体格强健、四肢发达，本来想考体育系的同学，每天都在篮球场打球，没想到毕了业、当了几年老师后，忽然重考医学院，以第一名成绩毕业。他现在可是中部非常著名的妇产科医生，经过他手接生的婴孩，已经超过几千个，对台湾未来人口有着重大影响。当我滔滔不绝地说着班上这些奇闻逸事时，有人忍不住发问，你的意思是说，在你们班上成绩那么差的人，都那么有成就，那么班上那些成绩好的同学，都跑去哪里了呢？我回答说，班上最优秀的同学都去当初中或是高中老师了，所以台湾的中学教育才会那么强啊。”

我随口说的这个笑话，成了另一种大学毕业后的人生总体验。

这个笑话所延伸出来的三个问题是：第一，在踏进大学那一刻，我们真的知道自己想要什么吗？至少我是不知道的，我甚至对于师大毕业后要如何分发，该服务几年都搞不清楚。第二，大学是要学得一技之长作为求职的基础，还是作为踏入社会前一个摸索的实验场所？对我而言，似乎是后者。但是对我们班大部分同学而言，却是前者，因为他们拿到文凭，就拿到一辈子的工作保障了。第三，大学教育是一个人追求学问的起点还是终点？对我而言，真的只是个小小的起点。

有些生物方面的知识，都是离开校园后才亲身学习和体验的，更不要说文学或是影视传播方面的知识了。

表面上看起来，我在大学所学的知识都没有直接用在我后来的工作上，但大学生活却是我受教育过程中最关键的四年。虽然我们大部分课程都穿梭在不同的实验室里，偶尔也有野外的采集活动，但同学都是来自台湾各学校的精英分子，不只是理工科很行，连文学、音乐、艺术方面也有很内行的人。

所以，我们除了读本科系的教科书外，也会讨论现代小说和现代诗，放古典音乐来欣赏。我们借由班级图书馆来交流对知识的渴望，也组织班级合唱团课后练唱，还编了班刊。在资讯相对贫乏的年代，这样的交流让我们对自己、对未来的生活产生了想象。我很快就被激发了创作的灵感，都是拜这样丰富多样又充满刺激的大学生活所赐。对于未来，我有了各种不同的可能。

当我们对大学毕业后做总体检时，总是会用在校时的学业成绩，和毕业后世俗所认定的事业及成就做个比较，就像我说的那个笑话那样，其实是从功利的角度切入，往往忽略了每个人对自己人生的想法和结论。

我的那些同学们对自己的人生是觉得非常完美、充满感恩？还是带着些许遗憾、勉强接受？或是壮志未酬、满腹牢骚？甚至还想继续奋起，不甘心人生只是如此？这才是最重要的事情吧！有时我们观察一个人真正想过怎样的人生，反而要从他们的退休生活中找到答案。

成绩不保证成就，成就不保证人生。所以在踏进大学时，你第一件要想清楚的事情是，你到底想要一个怎样的人生？想清楚之后，你还有足够的时间，努力去寻找你要的人生。在这寻找美好人生的过程中，成绩和成就也都只是你完成美好人生能使用到的工具而已。

工具不是目的，但是我们往往会本末倒置，误以为找到了赖以生存的工具后，便是人生最终的目的了。

我好爱你，但我不属于你

爸爸，好久没给你写信了。你还好吗?

虽然你已经离开这个你口中残酷无比的人世间十五年了，可是我在日常生活中还是常常和别人谈到你，包括一些公开的演讲。有时候为了配合一些媒体的报道，甚至还得从一些旧档案中，找出几张连我自己都没看过的旧照片让媒体刊登。我每次秀出你的照片时，都会有点得意地说：“很帅吧？我爸是个美男子！”

我总是等待着访问者或倾听者最后提出他们的看法，我一再从这些看法中厘清我们奇特的父子关系。我知道你不会生气，因为你曾经说，你很不想当个平凡的人，你不想和草木同朽；你想流芳百世，但是你却生错了时代。我一再提起你，想让你活在世人的心中。

我想和你写信是因为父亲节快到了，有个时尚杂志想要对我做个访问，当然是想谈谈我作为人子、人父的故事。我很爽快地答应了，因为我已经打算用一种全然放下的心情来谈你，我想为我们纠缠不清的父子关系做出个结论。

来访问的人显得很紧张，紧张到连名片都忘了拿出来。我试探性引导她说出自己和父亲的关系，没想到她真的说了起来——是一个在少女时代就失去父亲的人，通常面对这种访问者，她们对于有个形象立体鲜明的父亲可以怨怪或消遣，其实是羡慕的。

果然，当我口沫横飞说着你和我之间的故事时，我看到对方眼中隐隐的泪光。最后，她对你做出了一个让我感到意外的结论——她说你是一个奋力让自己突出于整个时代之上、不想被时代所隐没的人。从世俗的眼光看来，你只不过是一个从当了公务员之后，就没有再升迁过的倒霉鬼，一辈子都只担心有没有公家宿舍可以给我们八口之家避雨。但是你又非常自恋而骄傲。当你被恶劣的环境一再踢倒在地，命运之神逼你俯首称臣，要你承认已经输掉了自己的人生。但是不服输的你，却张开了自己的手掌，将五根手指头指向天空，对着命运之神宣告："这是我最后的秘密武器，我还有五个很厉害的小孩！他们就像是我的五根手指，他们是我的意志和生命的延续。谁输谁赢还未见分晓。"

你曾经感叹说，父母是孩子永恒的奴隶，为了让孩子保有幸福的生活，自己对客户低声下气，忍受各种屈辱。你用尽各种努力让我们接受高等教育，常常对我们能用一些专业术语对孩子说话感到钦羡。你曾经羡慕，甚至嫉妒我的幸运，因为我在念大学时就是个有点名声的青年作家了。虽然我也曾经历过不少挫败，但总是能化险为夷。你曾经对我说，如果我到了五十五岁时，还能拥有这样的好运，这一生应该都是好运了。

可是你没有活到我五十五岁那一年。那一年，我考上了一家无线电视台的总经理。如果有你陪着我走到那一年，你会激动地对我说：“孩子，你这一生都是好运了。”

你没有机会这样说，是我生命中最大的遗憾。

我和你之间的故事似乎永远都说不完。我可以面对不同的人，说着不同的故事，有的是卓别林式的黑色喜剧，有的简直就是惊悚剧；我重复说着相同的故事，却用不同的角度和组合，往往能赢得台下观众又哭又笑，那一刻，我觉得自己真像是个会变把戏的小丑，我从玩具箱里掏出来的每个道具上面都刻着“李琳”两个字，那是你给自己取的笔名，常常用在你的画作底下。

有一天，我忽然领悟到，你对儿女的爱是多么痴狂，就像爱你自己一样。你担心我作为一个小丑，未来总有变不出把戏的时候，所以你就像一个高明的魔术师，让我的百宝箱里的道具永远也用不完。

我曾经用毕生的力量来反抗你，想活得和你完全不一样。结果最近在一次电视访谈后，有个制作人追到大门口，含着眼泪激动地对我说：“其实你非常爱你的爸爸，虽然你一直不想和他一样，但是你们简直一模一样！所以你们才会对抗到底，彼此折磨。”

父亲节快到了。爸爸，我想告诉你：“我好爱你，但我不属于你，我只想属于我自己。”

别低估“一个人”的力量

我听过不少年轻人抱怨说，生活在这样一个已经稳固、牢不可破的政治经济体制里，好的机会似乎也都被上一代人或是抢先一步者拿走了，对于刚从学校毕业出来的年轻人而言，真的是只有一个字：闷。

下一步到底要继续留在学校攻读更高的学位呢，还是去人力银行拍卖自己？或者干脆离开这里，去外面的世界看看？难怪最近火红的毕业典礼致辞会是“你并不特别”，相对于过去西方教育中强调“你是独一无二”的观念，这句话好像是针对“自我感觉良好”，却又觉得“有志难伸”的年轻人的当头棒喝。

其实，你是不是“特别的”，或者你是不是“独一无二的”，那得看你对自己天赋和个性了解的深度，还有你对自己周遭环境了解的广度来决定。也就是你能不能找到渺小的自己存在于这个地球或是浩瀚宇宙里的意义。

过去我有不少应征员工的经验，我想和年轻人分享一下我的心得。按照公司章程规定，每个部门要新进员工只要部门主管批准便可，但是我却要求亲自参与每次新进人员的评选和新生训练。面对一个亏损严重，又被许多不合理限制捆绑的老大难公司，我没有继续浪费人力资源的本钱。基本上，我是相信“一个人”的力量的。我相信任何一个人进到公司，都有可能让公司变得更好或更坏，他也有可能因为个人的特质和作为，让公司产生微妙的化学变化。

我会先看前来应征者的眼神，有的人眼神明亮坚定诚恳，有的人眼神温和柔软，甚至还有点悲伤，有的人眼神闪烁害羞，有的人充满不安和一点悲愤。或许我常常创作，对人的心理状态也有兴趣，我看人不会只看表面，甚至觉得言语都有可能被掩饰或包装过。我会问一点和专业不相关的问题：“你对你的人生满意吗？”“你怎么看待你自己？”“你平常不工作时都做些什么？”我是想判断一下这个人的“生命态度”和“人格特质”，还有“可塑性”。

答案揭晓，我当然喜欢眼神明亮坚定诚恳的人。明亮，让我看到他的坦然正直；坚定，让我放心将工作交给他去执行；诚恳，让我相信他是谦虚的，是重视团队的，是可塑性高的，是能在工作中学习、还有进步空间的。我可不想再多找一个每天怨天怨地怨别人，还会上班传简讯给朋友，对公司的失败幸灾乐祸的人！我要寻找那种能和我一起拯救公司的人！

我喜欢除了有专业能力外，还有跨领域知识的年轻人。征选新进的新闻记者，我不太信任由别的新闻台转过来的人。台湾的电视新闻为了拼收视率无所不用其极，造假、演戏、渲染几近扭曲变态，我要寻找有敏锐观察力和判断力，对社会有关怀和怀抱理想的年轻人。节目部门如果要挑企划或行销人员，我喜欢带点叛逆和有冒险性格的年轻人，没有经验没关系，太有经验反而是一种对想象力和创造力的阻碍。如果能因为“一个人”的加入，带动团队更大的动能和企图心，那才是我的上上之选。

许多年前，有五十个年轻的文化人和电影工作者共同发起一个“台湾电影宣言”，当场有一个参与联署的年轻人悲观地说：“我们这五十个年轻人加起来还不如一个老 K！”老 K 是当时掌握拍片决策权和握有庞大资金的人。

另一个参与联署的年轻人说了一句我永远不会忘记的话：“你这样说，我不同意。我们不应该妄自菲薄。我们是五十个有理想、有愿景、有能力的人，将来我们之间任何一个人对社会的贡献，都有可能超过老 K！”

时间证明了一切。二十多年后，没有人知道谁是老 K，但是当年那五十个参与联署的年轻人，却已经各有所成，其中还不乏赫赫有名、对台湾文化具有贡献的人。

我们不要忽略“一个人”的力量，更何况当五十个“一个人”团结在一起时，怎么会不如一个因为政局变动、很快就被调离原来职务的人呢？我们不能因为对权势心怀敬畏，反而低估了自己的价值！权势不可靠，可靠的唯有一个有价值的自己。

年轻人，也许你真的不特别，也许你也真的不是独一无二，但是也请你别低估了一个人的力量。你可以努力让自己成为一个有力量的人，相信这个世界会因为有你的存在而更好。

你试着这样期许自己，也试着这样告诉面试你的老板。祝你好运！

我不要读台大

对我这样一个没有方向感和空间概念的人而言，台大校园就像是一座永远也没搞清楚的迷宫。我在人生的不同阶段，对这个校园有不同的认识和发现，直到最近，才将这个迷宫的拼图渐渐拼凑了出来。

一个大晴天的下午，我散步到总图书馆附近，沿途有很多赏花赏树赏鸟的游客，这里有永远讲不完的动植物。忽然从后面传来一个小男孩凄厉的哭声，有点不顾大人颜面地吼叫着："我不要读台大！我不要读台大！呜……我不要……我不要……读……台……大！啊！"最后一声尖叫挺吓人的。

我头也没回，就知道发生了什么事情。因为走在这个校园常常会听到类似的叮咛和训话——"你看这个校园漂不漂亮啊？你想不想长大以后，来读这所学校呀？如果想要读台大，就要好好用功读书呀！""这个学校很大对不对？喜不喜欢？阿公和爸爸都是这所学校毕业的，将来你一定也要读这所学校，这样我们一家都是台大人了。你要好好用功！"所有人带着孩子或孙子踏进了这个圣地，似乎都会忍不住对着孩子或孙子这样叮咛着。这样的叮咛已经是我们这个重视学历、弥漫着功利的社会的一种口头禅了。

走到有刺桐树的地方，我转身看到了那个哭泣尖叫的小孩，大约只有三岁，一对年轻的父母亲正在哄着他。

我们整个家族和台大不太有缘分，家族中唯一念台大经济系的大姊却是个怪咖，她还真的不鼓励自己的小孩读台大，理由牵强到有点好笑，她对联考分数可以进台大的女儿说："台大有什么好？校园那么小，师资也不比别的学校好。你应该去读政大，政大的校园在山脚下，风景优美，校园非常大，师资也非常好，比台大棒多了。"

于是，我的外甥女就用可以上台大的分数进了政大经济系，其实是我的大姊只相信科系而不相信学校。我忍不住对大姊说："你真的很扯啊！你说的台大很小，那是因为你读的法商学院在徐州路。台大校本部是很大的，加上很多其他的农业实验林。台大非常大。"

大姊相信念经济系是人类最好的选择，因为她也只念过经济系，她说经济系找工作比较容易。当年我们家五个孩子，一个台大、两个师大、一个政大，全家只有弟弟考上私立东海大学，最后却只有弟弟在美国攻读到博士学位。

弟弟曾经和我说一个他在美国教书时发生的故事。在美国的大学教书竞争很激烈，如果在一个期限内无法升上教授就得打包走人，另寻其他学校，尤其亚裔的老师其实是很吃亏的，多少还会有种族的偏见。弟弟除了教学认真，和学生相处也很融洽，他也很能吃亏，让别人占便宜，他这点个性和妈妈最像，也因此让他左右逢源。

弟弟在他的学校升迁很快，现在是学校工学院的副院长兼研究所所长。有一个曾经是当年第一志愿考上台大电机系的学校同事，冲进弟弟的办公室，很不服气地问弟弟："我当年联考的时候，总分比你足足多了一百分，证明我是比你优秀很多，为什么他们都只看上你？"如果让我来回答这个问题，我会问对方说："你能确定自己具备了像我弟弟那样的人格特质吗？他坦率而热诚，温柔而正直，从不钩心斗角。"

记得孩子还很小的时候，我常常带着他们从台大辛亥路的侧门，进到台大的校园，看树看建筑，在草地上奔跑到黄昏。我很喜欢台大校园那一带的建筑物。过去台大校园要盖新的建筑物，都要通过一种内部的审查，希望整体校园有一种统一和谐的美感，在和谐的美感中，能产生一种厚实宁静的历史感。

我从来没有告诉过孩子这是"台湾大学"，也没有说过类似"将来好好读书，这所学校真的很好"之类的话。我让孩子感觉这里只是迷宫里非常美丽的空间，每个人随时随地都可进来玩。有一次和女儿在台大校园里玩的时候，忽然下起了一阵雨，我们来不及躲到建筑物底下，就在旁边的大树下避雨。因为躲太久了，干脆在树下捡种子回家种，女儿始终不知道这所大学的名字。

对我而言，孩子能进台大当然很好，至少我不会告诉孩子说台大很小。但是没有机会进台大也不会太遗憾，童年能在台大校园到处玩玩就已经够幸福的了。不管从哪一个入口走进台大，都可以发现不同的美丽新世界。那么多改良过后的欧式建筑坐落在那么多老树间，黑瓦、红砖墙、拱门、回廊、庭园间，弥漫着古典又自由的气息。从基隆路方向走进台大的农业生态园区，那里有一栋台大最古老的建筑，是最早研究蓬莱米的农场作业室，附近的空间设计和一九二五年建造时几乎没改变。那可是迷宫中的神秘基地。

如果能带孩子或孙子到台大校园玩玩，真好。如果能少说那一句“将来最好能读这所学校”，更好。因为这个世界变化太快，我们只能陪孩子玩，陪他探索这个充满未知的世界，让他靠自己走出一条属于他的人生道路。大人常常急于灌输给孩子功利的思想和竞争比较的提醒，对孩子的未来不但会是一种限制，也是一种无形的伤害。不然，那个三岁的孩子为什么会哭得那么凄惨?

一个充满功利价值的社会，最需要的反而是多一些拥有健全人格和独立思考的人，这些都是学校没有教的东西。

如果蝌蚪没有变青蛙

那天清晨，我跟着台师大的团队来到“雪霸国家公园”的观雾，参加“观雾山椒鱼”生态中心的启用典礼，去给由吕光洋教授所领导的山椒鱼研究团队加油打气。

山椒鱼是冰河时期遗留下来的稀有物种，和青蛙同属于两栖类，差别在于山椒鱼有尾巴，外形“很像是”大型的蝌蚪没有变成青蛙，爬上了陆地，和大陆的娃娃鱼是近亲。观雾的山椒鱼原来是生活在观雾管理站后方一片蛮荒的芒草地，为了让对温度和湿度极为敏感的山椒鱼能够有更好的栖地环境，研究团队用恢复生态学的原理，重建一个适合山椒鱼居住的环境。栖地要有一条终年都有溪水在流动的小溪，宽度最好在一米以内，溪流湍急的大河不适合山椒鱼生存。

当天下午，我从观雾下山赶回到北投，参加一个由民间团体发起的万人清扫家园的“国际研讨会”，其中有一百多名特别由日本赶来参加这个盛会的日本朋友，他们为了感谢台湾人在三一一大地震中对日本的慷慨救助，全体自费飞来台湾参加清扫家园的活动。于是，我决定从山椒鱼的复育讲起。

人类未来所要面对的气候变迁和各种天灾骤变，加上过度强调经济开发所造成的环境污染，生活中各种压力和竞争造成人心的浮动焦虑和不安，其实和山椒鱼面临的生存环境是类似的。所以，“恢复生态学”同样适用于“打扫和亲子教养”。

如果你问我最想祝福孩子的是什么，我可以毫不犹豫地回答你：第一是拥有健康的身体；第二是拥有健康的心理；第三是对自己生存环境的关爱和认同。我想用“恢复生态学”的观念，为孩子“重整”一个适合他们生长学习的“栖地环境”，至于他们在校的学业成绩和进入社会后的工作，并不是渺小无能的我们所能控制的，那些都将取决于孩子本身的天赋基因和大环境的改变，一切都强求不得。

我很鼓励孩子保持运动习惯。女儿刚开始学习游泳时，因为不习惯教练用哨音催促孩子们来回地游来游去，她总是脸色发白、嘴唇泛紫地紧抓池边，于是我就和她一起报名加入游泳班当个助教，陪她刚开始学习游泳的起步阶段。后来女儿的运动能力一直很好，到了高中接受体适能测验时，还得了全校唯一一个金质奖。她还去学剑道、攀岩、踢足球。

儿子上了初中后的周末假日或暑假，我几乎都会陪他去学校的操场打篮球，甚至于打到高中联考前夕还没有停止，遇到他的导师经过时，我和儿子还躲起来，怕老师怪我们不用功读书。儿子并没有成为林书豪，但是他成为一个喜欢运动的孩子，溜滑板、骑单车、泛舟、滑雪，样样都喜欢。

我们家里有很多很多的课外书，还有一台显微镜和一台望远镜，这是让孩子能通往世界，去和世界联结的工具。每个孩子刚出生时都对这个世界充满了好奇和新鲜，希望能继续探索生命。不当的管教和过度的期待，只会扼杀这些原本健康的内在趋动力和欲望。

我曾经替孩子请假去花莲太鲁阁探险，去河边看避冬的候鸟，去屏东和台东翻过大武山追流星。我要提早让他们知道，这个世界不是一成不变的，是很丰富有趣的，是值得让我们“活”过一遭的。通过那些能和世界联结的工具，可以探索自己的内在和外在的世界。

蝌蚪会变成青蛙是它自身无法逆转的命运，最后变成青蛙也算是一种圆满。人类的成长，也有着太多不可逆转的因子，就算我们的孩子是没有变成青蛙的蝌蚪，我们能做的，也是让他们像稀有的山椒鱼一样存活着，努力替他们恢复一个能自在生活的栖地，这就是父母的天职。

人生的各种想象和可能

他看起来大约三十岁，穿着很合身的深色西装，打着同样色系的领带，戴着一副深色的眼镜。虽然就整体而言，像是一个已经进入社会工作的社会人士，但是稚气未脱，坐姿拘谨，斯文的模样像是个在学校很乖、很听话的学生。我的直觉告诉我，他的职业应该是个业务员。

我们很容易在大街小巷看到这样装扮的年轻人。二三十岁，大学刚毕业没几年，穿着略显宽大或是略显狭窄的西装，有的守候在一些大厦或公寓门口，等着看房子的客户到来；有的会在客户到来前赶快熄掉手上的烟；有的和客户相约在咖啡店或是麦当劳，拿着一沓资料和计算机替客户分析着各类保险，讨论每年缴多少钱，如果生病或提早去和上帝喝咖啡可以领多少钱。有时也可以听到他们愉快的笑声；有的和客户谈的话题是各种有风险的基金，那会让我想到香港电影《夺命金》里那个机灵但心虚的理财专员，一方面讲解着极为复杂的投资条文，一方面偷偷控制着录音机的开关，问着一脸茫然的客户说："这样，你清楚明白了吗？"

这些年轻的业务员，风雨无阻地骑着摩托车，在每个城市做着相同的事情，讲着相同的话语，过于雷同的装扮和言行，让他们的面貌和气质越来越相近，也让人很容易辨识。

我们之前完全不认识，但是因为某种奇特的原因，我们正面对面地坐着，基于有点尴尬的理由，我得先找点话说。我问他："工作在你的人生中占了多重要的位子？如果你有足够的钱，你还会要去工作吗？"我会这样问，是因为有个年轻人曾经告诉我，人生其实有很多有趣好玩的事情，工作只是为了赚钱去玩那些有趣的事情。所以如果他有钱，不会想去工作。

这是一个关于世代之间价值差异的命题，我想再多问一些年轻人。

他是个健谈的年轻人，说起话来条理分明，引经据典。他说他很喜欢他的工作，尤其是带领新进人员进入状况，非常有成就感。他不打算换工作，想就从这样的基础继续做下去。我基于礼貌和隐私权，从头到尾都没有主动问他："你是从事哪个行业的？"或是"你大学读什么科系？"反而是他先问我从事哪个行业的。我勉强为自己找到了一种行业，叫作"传播"，我向他表达我对这样的议题甚感兴趣。他是个很随和的人，很快地让我知道了他在兴趣和工作之间的平衡，那正是我最想知道的部分。

他说，他毕业后只做过两个工作，第一个工作是关于音响工程，短短的八个月因为表现不错，老板给他的薪水从最低的两万跳到四万多元；他同时也参加了一个乐团，担任贝斯手，也试着创作过一些歌曲，但是不满意，所以没有公开发表。（这时我开始动摇了，他应该是学音乐的，或是电机专业的。）

后来他决定离开这个工作，因为他发现这个行业对他而言，没有成长也没有学习，就是再做二十年可能还是这样的薪水。（他是一个很有想法的人！他适合创业，或是创作！我想我是猜错了。）他提到中学时代就开始学长笛，自认为会是个音乐家，从事艺术的工作。他最不擅长和别人打交道，从来都不会留下任何毕业纪念册。他很习惯靠自己。（我想，我猜错了。他可能也在传播业或是文创产业，从事企划或创意方面的工作。）

他离开了当时还算是高薪的工作后，本来想白天在乐团继续练习和安排演出，晚上去便利商店做夜班，没想到时薪不但没升反而下降，养不活自己和家人，于是决定去一家保险公司当业务员，还有时间练团。

已经结了婚，而且有一栋正在缴房贷的房子的年轻人，充满自信地说："没人看好我走上这条路，连我自己都不看好，但是我终于发现，我可以做得很好。我从来不知道自己有这方面的潜力。所以，改变才是成长的开始。"

最后他说出他的本科系是广告，这是联考要非常高分才能录取的学校和科系。他的结论是许多本科系毕业的大学生，在市场上并没有太多优势，有了电脑软件后，许多年轻人都会做，市场太小，竞争太激烈。

这就是一个文艺青年变成业务员的故事，为了能生存下去，他毅然改变了自己的想法和行动，但是没有放弃原来的兴趣。改变才是成长的开始，而成长又是什么呢？是失去一些，然后得到一些吗？

他学的是广告，曾经想当音乐家，也加入了一个乐团，是一个对自己人生有想法和期待的年轻人，最后，还是当了保险公司的业务员。我想，他未来的人生还是会有更多的想象和可能的。

船、老虎、求生手册，绽放的人生

一场离奇的船难，使得还在成长中的少年派瞬间失去了所有家人，他搭着一艘小小的救生艇在海上漂流等待救援，救生艇上原有的四种动物，最后只剩下一只凶猛的孟加拉虎。这是李安根据小说改编的3D电影《少年派的奇幻漂流》的剧情。

在海上漂流的过程中，少年派读着的唯一的书籍是一本求生手册，吃着救生艇上留下来的罐头食物和水。他最大的敌人是那只因为饥饿而随时会将他当成食物的孟加拉虎，他得随时保持清醒，并且喂饱这只老虎。后来当救生艇漂到墨西哥海岸登陆后，老虎连头也不回地走进陆地上的森林里，从此消失。

少年派在老虎离开后才发现，在这段漫长的海上漂流过程中还好有老虎的威胁，否则就凭着他一个人的意志力，要度过这段海上的寂寞和孤独，恐怕精神和肉体很早就崩溃、瓦解了。

看到老虎离开少年，走进森林那一幕时，我已经泪流满面。小时候，我的绰号就是大老虎，我仿佛看到自己身体里面那只大老虎渐渐离开了自己，而我也平安地渡过人生的海上漂流，惊涛骇浪都已经在身后。我默默地对着那只大老虎说：谢谢你，再见了。

“这个世界是非常残酷的，处处充满了危险的陷阱，所以要步步为营，谨慎小心，不要轻易冒险。人生要学会的两件事情：第一件是如何躲避危险；第二件是如何让自己变得强大。”当我泪流满面和那只老虎道别的同时，耳畔又响起了爸爸曾经重复说过的这些话。缺乏安全感又恐惧失去孩子的爸爸，是不鼓励女儿参加学校的户外活动和旅行的，他总是用恐吓的口吻说，外面的世界多么危险，一个不小心就会跌进山谷或是被坏人拐走。

对于男孩子，尤其是身为长子的我，他更是用很多残忍的方式训练我，希望我成为一个有侵略性、攻击性的男子汉大丈夫。他要我抓着兔子的耳朵，然后在我眼前杀死兔子，当鲜血染红了雪白的兔子时，他要我不可以闪避眼神。

“这个世界就是这样的！以后你就会知道了，爸爸是爱你的。你不准哭！”爸爸用严厉的眼神瞪着我，我为了表示勇敢，抓着兔子的耳朵，盯着染红的皮毛。我属兔，那一刻我知道，爸爸杀了兔子，从此，他叫我“大老虎”。弟弟出生后很自然地就叫“小老虎”。住了十户人家的大杂院里，没有人知道我们兄弟的名字，只知道这户人家住了两只老虎。

爸爸是个出生四十天后就失去父亲的孤儿，他父亲的中药铺和田产被叔父夺走，不久爸爸的兄长又死于肺结核，让他和妈妈成了受亲戚欺凌的孤儿寡母，所以他从小就深刻体验了残酷人生，对人性的黑暗面怀着恐惧，偏偏他自己又是个多愁善感的少年，在充满不安全甚至是仇恨的环境中长大。

民国三十四年十月，一海之隔的台湾正式脱离日本人的统治，爸爸决定远离伤心地，来这个陌生的海岛重新开始新的生活。同年十二月二十五日，爸爸和几个朋友从福建永安码头出发，一路边玩边走，隔年一月九日搭上台交一二六号机帆船渡过台湾海峡，不再回头。他在随身带着的素描本上画着海上的岛屿，记录着一些感想：“一路大风浪，众人皆昏呕，唯我独清醒。十一日因气候恶劣，船搁东沙岛海面，我和达真等多人一起登此荒岛，画了十几张……十四日晨，船泊基隆港，一见美丽山光水色，正像从冲洗照片的暗室出来一样的开朗。”

爸爸的几张素描中，有一张是从东沙岛画载着他们到台湾的台交一二六号机帆船，题目是“# 126 我们的家”。后来他在台湾结了婚、生了孩子后，我们一家人住在铁道旁，用停车场搭建的铁皮屋的大杂院，地址正好也是和平西路二段一二六巷。是天意或是冥冥中的巧合？一切是未知。那个住了十户人家的大杂院是临时搭建的房子，常听爸爸说：“明年就会拆掉，我们就没地方可住了。”说着说着，竟然也过了二十年，一直熬到当局要执行都市计划，建了一条大马路才被拆掉。

所以，这二十年来，我们的家就像是一艘在暴风雨中飘摇的船，爸爸就是这艘船的船长，他过日子的心态完全是“海上求生”。每年元旦要换新的日记本便是爸爸的“求生手册”，爸爸总是会写一篇类似台湾地区领导人元旦文告的日记：“老天爷呀，你用尽各种方式都没有把我折磨死，又让我多活了一年，那表示，我离上岸又更近了！

尽管来吧，看你还有多大的能耐？整不死我的话，我就赢了！”

在这艘海上漂流破船的有限空间里，每个人都没有隐私。客厅有张很大的书桌便是爸爸的生产线，爸爸总是在下班后接了许多能赚外快的工作，趴在大书桌前画统计图表、人物遗像、大学壁画、庙宇的门神和供奉的观音雕像。我们随着年岁的增长，也渐渐能加入生产行列。

一家八口挤在两间小小的卧室里，睡着两层的上下铺，共用着同一张书桌。爸爸借由批改五个小孩临睡前缴出的日记本，来纠正每个孩子的错字和错误观念，也借此掌握住每个孩子脑袋里的东西。他随时会翻出我们的书包，检查我们的各种作业和成绩，也常常将我们的成绩做出简单的“统计图表”，列在他自己的日记本上。我们也会主动将学校里竞争对手的成绩和自己的成绩列表，作分析和检讨，用来讨好爸爸。

“凡事都要比较”，是船长日日夜夜铭刻在他五个水手孩子脑袋里一生都无法抹去的求生法则，也成了五个孩子长大后最不快乐的源头。我们在未来的日子里，总是神经紧绷、慌慌张张的，因为海上的风浪太大，随时都有翻船的可能，每个人都要有心理准备。

爸爸是个没有任何宗教信仰的船长，他只相信自己，他的人生格言是“求人不如求己”“天助自助者”。他从来不相信有任何一种神会庇佑、怜悯他，否则他不会经历如此悲惨的童年和大半生。他只有在中元普度时会烧许多纸钱给他记忆中的列祖列宗，每个人都有一大包。我知道我们的祖先来自甘肃的西部，所以他的地址都写陇西，或是福建武平。

另外，他也会烧一些纸钱给孤魂野鬼，他说那些鬼魂很可怜，没有子孙会寄钱给他们。我常常在烧纸钱的熊熊烈火中，望着爸爸紧蹙着眉头、严肃的表情，或许他想扮演孩子心中的神吧？只是这个神，怎么那么哀伤？他有时更像一只天天伴随着孩子们成长的老虎，逼迫着孩子们学习虎口逃生的伎俩，培养面对生命威胁时的勇气。

爸爸离开这个世界的方式，也像《少年派的奇幻漂流》中那只孟加拉虎离开少年派一样，没有任何道别的仪式，没有留下任何遗言，更没有说声再见。他原本只是跌倒摔断了髋骨，送到医院后立刻开刀，推出手术室时，医生还笑着说一切很顺利、伤口很小。

当天夜里，我们父子还为了“人生应该如何才是正确的”有点争执，爸爸当时有点激动。深夜当我们各自回家休息后，他就走了。虽然事后医生在死亡理由那一栏填了“心肌梗死”，但我总觉得他是不想在出院后使用助行器走路，那模样很狼狈，他不想让自己那么没有尊严地活着，他宁愿离开这个他口中残酷的世界。

记得当我们家五个兄弟姊妹齐聚在客厅时，妹妹说我们来唱一首爸爸生前最喜欢唱的歌《绿岛小夜曲》来向爸爸告别吧，妹妹取出爸爸的胡琴拉了起来，并且轻轻地哼着：“这绿岛像一只船，在月夜里摇呀摇……”爸爸走后三年又三个月，妹妹也走了。我们猜想，她是担心爸爸一个人会寂寞，因为她曾经答应爸爸当船靠岸以后，要陪他一起到森林里去开垦拓荒的。

年初的邮轮之旅，让我们三个来自同一艘船的手足难得相聚，我们彼此的人生都来到了最后的一段旅程，但是我们的话题很少回忆过往，我们谈的都是此时此刻的感受。更多时候我是单独的一个人，享受着海上的阳光和风，让思想随意飞翔。我在日出时醒来，在黑夜中沉睡。我做了很多的梦，其中一个梦是如鬼魂般回到昔日旧宅，和过往的一切告别。

在这趟漫长的旅行中，我和旧日的自己告别，重新又开始了另一次意外而未知的人生旅程。人生原本就是在某种特定时空下的意外旅程，我喜欢在滔天巨浪中寻找自己存在的意义和价值。

图书在版编目（CIP）数据

世界虽然残酷，我们还是…… / 小野著. —南京：译林出版社，2017.7

ISBN 978-7-5447-6926-6

I.①世… II.①小… III.①散文集－中国－当代 IV.①I267

中国版本图书馆CIP数据核字（2017）第086316号

世界虽然残酷，我们还是……　小野/著

责任编辑　韩继坤
特约编辑　郭挚英　苏雪莹
装帧设计　Metis 灵动视线
校　　对　肖飞燕
责任印制　贺　伟

出版发行　译林出版社
地　　址　南京市湖南路 1 号 A 楼
邮　　箱　yilin@yilin.com
网　　址　www.yilin.com
市场热线　010-85376701
排　　版　孙孝平
印　　刷　三河市延风印装有限公司
开　　本　640 毫米 ×960 毫米 1/16
印　　张　14
版　　次　2017 年 7 月第 1 版　2017 年 7 月第 1 次印刷
书　　号　ISBN 978-7-5447-6926-6
定　　价　24.80 元